COLLECTION 14/18

ROSE DU DÉSERT

De la même auteure

Le secret de Paloma, Ottawa, David, 2021. Prix du livre d'enfant Trillium (langue française) 2023.

L'écologie d'Odi, Varennes, ADA, 2019. Nouvelle édition.

La ruche, Sherbrooke, Six Brumes, 2017.

Le gant, Gatineau, Vents d'Ouest, 2016.

L'écologie d'Odi, Montréal, Porte-Bonheur, 2015.

La reine Margot, Gatineau, Vents d'Ouest, 2014.

Le projet Ithuriel, Ottawa, David, 2012.

Le labyrinthe de Luurdu, Montréal, Médiaspaul, 2012.

Mica, fille de Transyl, Gatineau, Vents d'Ouest, coll. « Nébuleuse », 2012.

La spirale de Lar Jubal, Montréal, Médiaspaul, 2011.

L'axe de Koudriss, Montréal, Médiaspaul, Montréal, 2009.

Le potager d'Ysandre et autres récits, Ottawa, CFORP, 2008.

Les vents de Tammerlan, Montréal, Médiaspaul, 2008. Prix Aurora 2009, catégorie meilleur roman en français.

La quête de Chaaas, Montréal, Médiaspaul, 2007.

Le dragon de l'Alliance, Montréal, Médiaspaul, 2005.

Les mémoires de l'Arc, Montréal, Médiaspaul, 2004. Prix Aurora 2005, catégorie meilleur roman en français.

Le stratège de Léda, Montréal, Médiaspaul, 2003.

Piège pour le Jules-Verne, Montréal, Médiaspaul, 2002.

Ithuriel, roman, Paris, Naturellement, 2001.

Les nuages de Phoenix, Montréal, Médiaspaul, 2001. Prix Cécile-Gagnon 2001 de la relève en littérature jeunesse.

Michèle Laframboise

Rose du désert

ROMAN

David

Maquette et mise en pages : Anne-Marie Lemay-Frenette
Illustration de la couverture : Michèle Laframboise
Révision linguistique : Sara-Lise Rochon
Photographie de l'auteure : Lisa Mininni Photography

Catalogage avant publication de Bibliothèque et Archives Canada

Titre : Rose du désert / Michèle Laframboise.
Noms : Laframboise, Michèle, 1960- auteur.
Collections : 14/18.
Description : Mention de collection : 14/18
Identifiants : Canadiana (livre imprimé) 20230462006 |
Canadiana (livre numérique) 20230462065 |
ISBN 9782895979517 (couverture souple) |
ISBN 9782895979531 (EPUB) |
ISBN 9782895979524 (PDF)
Classification : LCC PS8573.A3647 R67 2023 | CDD jC843/.54—dc23

Nous remercions le Gouvernement du Canada, le Conseil des arts du Canada, le Conseil des arts de l'Ontario et la Ville d'Ottawa pour leur appui à nos activités d'édition.

Les Éditions David
269, rue Montfort, Ottawa (Ontario) K1L 5P1
Téléphone : 613-695-3339 | Télécopieur : 613-695-3334
info@editionsdavid.com | editionsdavid.com

Dépôt légal (Québec et Ottawa), 3e trimestre 2023

À Jean-Pierre Moumon,
infatigable archiviste et conteur.

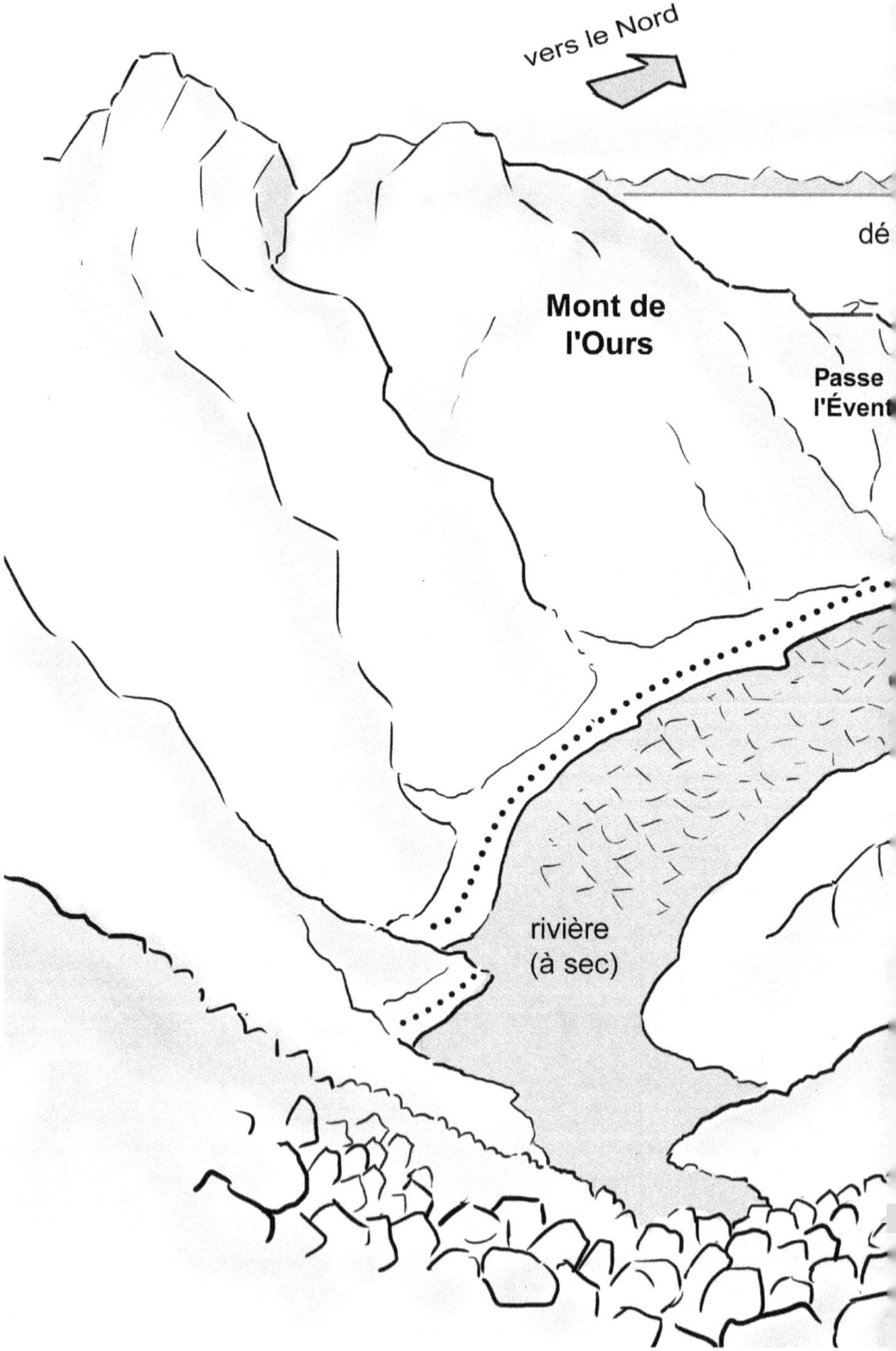
vers le Nord
dé
Mont de
l'Ours
Passe
l'Évent
rivière
(à sec)

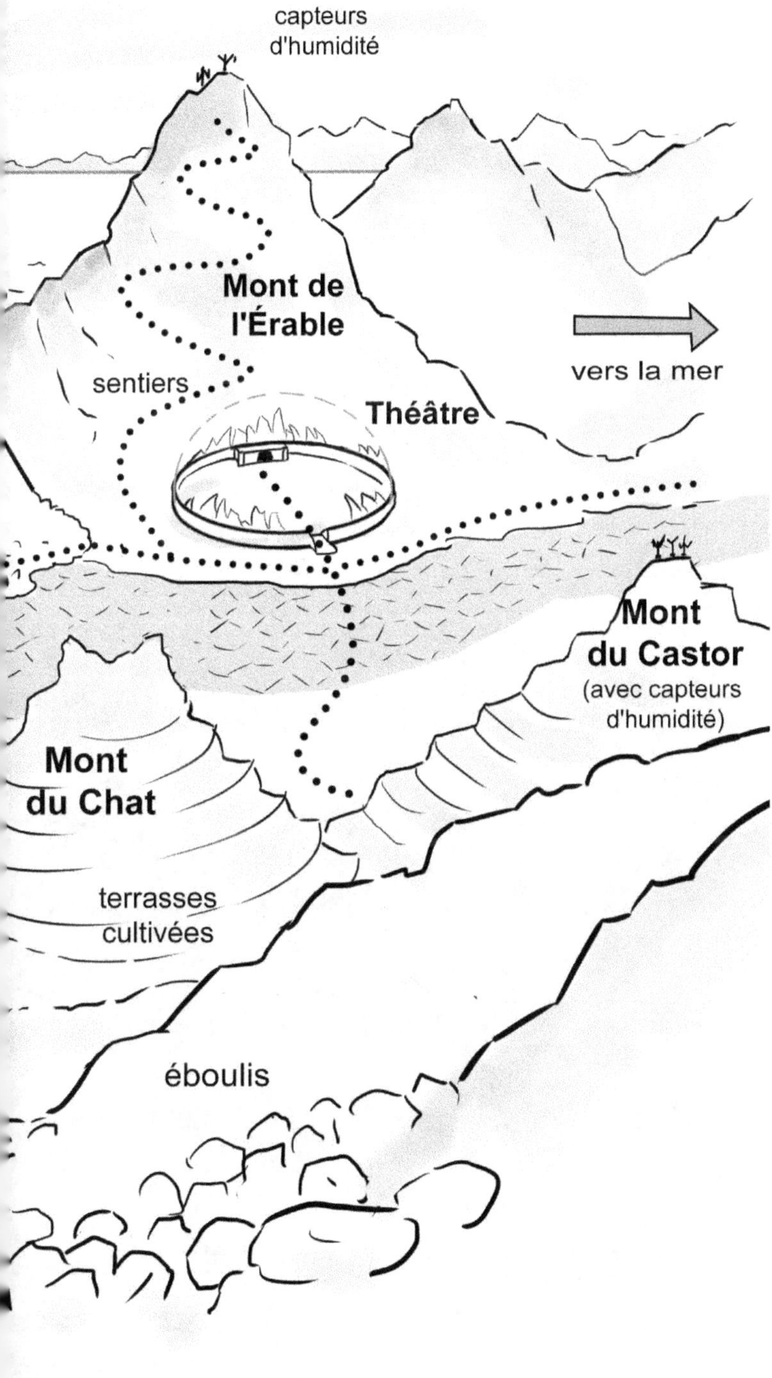

Le Théâtre et la vallée vus depuis la palissade

1

Drama queen

Je suis assise, jambes croisées sur le béton poussiéreux de la scène, dans une position en lotus qui me tiraille de partout. Cette douleur me rappelle que j'existe. Devant moi, une ligne verticale floue marque la rencontre des moitiés du Rideau.

Un rideau, une scène : le Théâtre, que je déteste.

À cause du Rideau qui se referme chaque soir, on a surnommé notre abri le Théâtre. Comme un ancien lieu de culture, sauf que sur Sérail, la représentation dure depuis deux ans et demi. Avec de vrais acteurs.

On en a perdu quelques-uns, d'ailleurs.

Sur Sérail-la-mal-nommée, des vents violents fouettent notre vallée, le soir, emportant notre air vers la mer. Ils reviennent, tout aussi violents, au matin. C'est comme une respiration. Les adultes ont un nom compliqué, adiaquelquechose, pour nommer ces vents capricieux.

Ce qui veut dire que, si on reste dehors la nuit, on meurt.

Je retiens mon souffle comme si j'allais manquer d'air et j'écoute les coups de vent qui frappent les grands pans de fibres en *chépasquoinium* du Rideau qui, peut-être, nous gardera en vie cette nuit. (Le vrai nom des fibres a trop de syllabes pour que je le retienne.)

Le grand Robert Radisson, notre chef à tous, affirme qu'il n'y a rien à craindre. La mère d'Alouette – Tamarine, qui était si fine ! – avait conçu le Rideau pour durer. (J'aimerais pouvoir lui parler, mais elle est morte d'une sale maladie qui me fait peur.)

Je m'allonge le bras pour toucher une surface dure et lisse. C'est que le Rideau, une fois fermé, devient aussi rigide qu'un mur. Sa base est calée dans une fosse qui assure une parfaite étanchéité.

Parfaite ? Pas tout à fait.

L'air fuit par de minuscules fissures entre les joints du Théâtre. Comme ces fissures n'ont qu'un ou deux atomes de largeur, ça ne paraît pas trop. Au pire, on se réveille au matin avec les oreilles bouchées. Quand le soleil le réchauffe, le Rideau s'ouvre et ses moitiés vont s'enrouler dans les colonnes aux deux extrémités du Théâtre. L'air frais entre, mes oreilles font pop !, à cause de la pression qui s'équilibre et youppie ! on a survécu une autre nuit.

Des bruits de vaisselle entrechoquée me parviennent du coin cuisine appuyé contre le mur en béton du bunker aux fleurs. Maman fait plus de bruit qu'elle n'en a besoin, pour me signaler que je suis censée l'aider à nettoyer les restes de table.

Maman est un as de l'adaptation végétale et de la diète, ce qui veut dire qu'elle sait : a) ce qu'elle veut faire pousser, et b) comment l'apprêter pour nous le faire manger avec appétit.

Son choix de spécialisation a soulagé plusieurs autres de cette tâche. Les « Merci Amandine, c'est délicieux ! » semblent lui suffire comme « validation sociale » (une expression de Tamarine-la-si-fine, dont je m'ennuie).

Mon envie d'avoir la paix, seule avec mes idées noires, lutte avec ma culpabilité.

* * *

Finalement, la culpabilité gagne. Je me lève, les jambes engourdies, les chevilles pleines de fourmis (une expression, car il n'y a pas l'ombre d'un insecte sur Sérail).

Je marche le long du Rideau fermé. Une flaque violette me suit, mon ombre projetée par les lampes orange du plafond. Les plaques solaires du toit alimentent ces lampes jusqu'au milieu de la nuit. Après, il vaut mieux ne pas avoir envie d'aller aux toilettes. On peut trébucher contre la bordure d'un des jardinets qui couvrent la scène, ou piler sur une flaque de colle à prise rapide laissée par un farceur…

Le bunker aux fleurs remplit tout le côté jardin du Théâtre. Il contient les serres et les salles de réunion. Une rangée de fauteuils s'appuie sur son mur, entre l'entrée collée sur le fond du Théâtre et le coin cuisine près du Rideau, avec un comptoir, les fours, les bacs de sable et les tables pliées.

Courbée comme un point d'interrogation au-dessus du comptoir, Maman empile des assiettes sales d'un côté des bacs de sable, ses cheveux noirs tressés pour ne pas l'encombrer. En approchant de cette énième corvée, je marmonne des vers qui résument mon humeur.

Et Rose, elle a vécu
Ce que vivent les roses,
L'espace d'un printemps

Le printemps du poème, c'est pour moi dix belles années passées sous le grand dôme à courir avec les autres enfants dans les vergers et entre les maisons pleines de technologies, à se moquer des longues saisons de Sérail (dont l'année dure trois ans de la vieille Terre), à se baigner dans la rivière, à regarder les nuages se poursuivre dans le ciel orange le soir venu et… à étudier des maths pas compliquées !

Maman dépose la brosse avec un claquement sec qui envoie du sable à terre.

— Tu es une vraie *drama queen* ! soupire-t-elle en me tendant un torchon. D'abord, le poème finit par « l'espace d'un matin ».

J'enfonce une assiette dans le premier bac et la frotte fort, ce qui envoie du sable sur le comptoir. Ce poème était bien trop long pour le retenir par cœur ! Je plonge l'assiette dans le sable à grains moyens du deuxième bac, pour ensuite la rincer dans le sable fin du troisième bac. Et je recommence avec les suivantes.

Heureusement, il y a peu de restes de nourriture, sauf pour la petite Colibri qui laisse trop de miettes dans la sienne. Quant à son grand frère, Pinson, il dispose ses restes de purée et de graines de quinoa en triangles et carrés. Ces deux-là ne sont pas faciles à vivre quand leur grande sœur Alouette est occupée ailleurs.

Je soulève de la pile « sale » une assiette sans la moindre motte de purée de patates ou de grain de quinoa collé. On jurerait qu'elle vient de sortir de l'armoire, mais c'est en réalité l'assiette de Cormoran, un gars qui pense trop, toujours concentré sur un problème à résoudre, alors il s'aperçoit à peine qu'il mange.

Bon, je la frotte quand même dans le bac de sable fin. Le torchon irrite mes doigts, avec ses fibres de nylon recyclées au moins cent fois.

Comme on n'a pas des tonnes d'eau, on lave tout avec le sable. Les grains souillés tombent dans un seau et poursuivent leur carrière au bunker : soit mêlés au sol des jeunes pousses, soit ajoutés aux bassins de champignons-tricheurs.

On les appelle champignons-tricheurs parce qu'ils aident à convertir nos déchets de table, de toilette, alouette... en compost, vu qu'on n'a pas d'insectes ou de petits vers qui s'occupaient de cette tâche dans le monde que nos parents ont quitté.

C'était tellement mieux quand on lavait à l'eau ! Mais voilà, la rivière s'est tarie et les pluies sont devenues un lointain souvenir.

Je dépose le plat sur la pile « propre » d'un geste brusque. Le choc de la fausse porcelaine résonne dans le calme du soir. Ma mauvaise humeur a débordé comme la rivière le faisait avant.

* * *

Maman se retourne, ses yeux bruns aux aguets. Je me dépêche de frotter l'assiette suivante. Elle s'inquiète trop pour moi, sa *drama queen*.

Puis elle parle de ce ton trop égal qui annonce soit une autre corvée, soit une catastrophe.

— Roseline, tu devrais tenir un journal, tu sais, comme ton amie Alouette…

L'assiette que je tenais s'évade de mes mains et roule sur le comptoir. Je la rattrape de justesse avant qu'elle ne tombe sur le plancher. (Elle est incassable, mais je ne voulais pas la nettoyer à nouveau.) Je croise mes bras couverts de taches de son pour cacher le volcan d'émotions que ses paroles viennent d'allumer.

J'ai envie de répondre qu'Alouette n'est pas mon amie, que je la déteste !

Mais ce n'est pas tout à fait vrai. Pas depuis que je l'ai vue risquer sa vie pour sauver ce casse-cou de Pétrel. C'est juste qu'elle et moi, eh bien, on n'est pas du même calibre.

Comme Paloma avant elle, Alouette est trop… *top*.

L'intelligence de Tamarine, sa mère ingénieure, l'esprit scientifique de son père, son courage, Alouette brille comme un deuxième soleil.

Et son endurance physique. Elle gagne toutes les courses à pied, même contre les garçons. Elle gravit la pente de l'Éventail qui mène au désert en moins de deux heures. Non mais, je n'ai même pas été capable de grimper au sommet du mont de l'Érable pour voir les trucs qui pointaient hors du sable, très loin.

Comme je ne peux pas répondre ça à Maman, je pige une demi-vérité ailleurs.

— C'est pas mon genre de griffonner tous les jours dans un cahier!

Avant, on pouvait taper nos mots sur des claviers ou les dire à voix haute, et les machines les gardaient en mémoire. Ceux qui tenaient un journal en papier écrivaient dedans avec une pointe de graphite enrobée de plastique recyclé. Un procédé laborieux.

Dans le mot laborieux, il y a « labeur », un synonyme de travail. Pas du tout mon genre.

Maman verrouille l'armoire à couteaux et ciseaux vissée au mur de béton.

— Eh bien, dit-elle, pourquoi ne pas dicter tes idées au sonivid?

Je me pince les lèvres. Super idée, Maman!

On a trois sonivids pour un peu moins de trois cents personnes. Les allocations sont calculées à une heure aux sept ou huit jours. J'aurais beau avoir plein d'inspiration poétique un soir, l'idée se sera évaporée sept jours plus tard, comme l'eau de la rivière qui traversait notre vallée. (Il n'en reste qu'un grand casse-tête de plaques de boue sèche.)

Je lui réponds à peu près ça. Mais elle ne se laisse pas démonter.

— Ma belle Rose des sables, je pense que j'ai une solution.

Puis elle détale vers les loges alignées au fond de la scène, sa tresse noire bondissant dans son dos. Maman a de très beaux cheveux, pas comme les miens qui ont la couleur et la consistance du gazon sec.

Une rose des sables, c'est une sculpture faite par le désert, où les vents collent des grains de sable en plaques qui se croisent comme des pétales. C'est le surnom que Maman me donnait quand j'étais petite et pleine de promesses. Elle a peu à peu cessé de l'utiliser… Jusqu'à aujourd'hui.

Alors je la suis.

* * *

Après dix années à jouer sous un dôme large d'un kilomètre qui nous laissait voir les étoiles la nuit, il a fallu s'adapter à la vie dans un espace restreint.

Nos loges sont minuscules, les murs minces comme du carton laissent passer tous les bruits. Il faut s'habituer à chuchoter. À ne pas pouffer la nuit en entendant des voisins ronfler. Les loges ont toutes la même profondeur, mais leur largeur varie selon la taille de la famille qui y vit.

Papa, Maman et moi occupons une loge au centre de la rangée, mieux que celles près des toilettes. En fin de nuit, ça pue ! (Olivia aurait sans doute dit « l'air est nauséabond », mais je suis allergique aux longs mots quand un court fait l'affaire.)

Quand je pousse le panneau mince comme une crêpe qui sert de porte, Maman fouille dans les étagères près des lits superposés (je dors en haut, près du grillage). Il y a une chaise et une demi-table appuyée contre le béton du mur extérieur du Théâtre.

Enfin, elle me tend un médaillon argenté. Je reconnais un bijou donné par une amie, partie avec les heureux élus vers un autre monde. Le médaillon est tiède entre mes mains, avec une bosse au centre. Une chaînette avec un fermoir le complète.

— Un collier ? dis-je.

Les bijoux et les parures, c'est le rayon de Paruline, qui se grime et s'affame pour ressembler aux filles des archives. Comme si la Civilisation avec un grand C allait nous rattraper sur ce monde perdu d'avance !

— Non, un *log* portable, dit Maman. Tu n'as qu'à presser le centre pour dicter tes idées. Il note aussi les dates et les heures.

Quand elle ressort, je grimpe dans mon lit sous le grillage. (Les loges n'ont pas de plafond, seulement des grilles. Le vrai plafond se trouve deux étages au-dessus de ma tête, ancré au mur qui soutenait le dôme.) Je presse la bosse, qui rougit sous mon doigt, et je raconte mes impressions toutes fraîches. J'avoue que c'est une bonne idée.

Comme ça, quand le Rideau nous aura lâchés, un explorateur qui pilera sur mes os blanchis pourra écouter cette archive.

2

Ma cervelle d'oiseau

C'est ennuyeux de parler à un médaillon, parce que je ne peux pas faire de dessin pour décrire le Théâtre… Mais bon, je pourrai toujours le consulter si je tombe dans un trou de mémoire.

Le Théâtre, donc.

Imaginez un long triangle courbé, avec une pointe où le Rideau rencontre le mur de soutien du dôme détruit, et une base occupée par le gros bloc de béton que les autres appellent le « bunker aux fleurs ».

Le bunker abritait les adultes qui construisaient le grand dôme. Une fois le dôme fini, on a percé des fenêtres et démonté le sas d'entrée du bunker pour en faire un labo. Nous, les premiers bébés, attendions à bord de l'*Albatros*. Ça devait être fantastique de vivre en orbite, dommage que je ne m'en souvienne pas.

(Kim, le seul ici qui possède des notions de médecine, m'a assurée que c'était normal, le cerveau d'un bébé étant trop occupé à découvrir son corps tout neuf pour retenir des souvenirs. Ouf.)

Après la mise en place du Rideau, le bunker a été reconverti en une serre, pour faire croître les plantes fragiles qui supportent mal les caprices de l'atmosphère.

Pour les caprices de mon cerveau, c'est une autre histoire.

* * *

À cinq ans, j'adorais les additions et soustractions et je comptais jusqu'à cent. Papa me voyait déjà compilant des équations de circulation de l'air comme lui. Maman était fière de sa « Rose des sables ».

Tous les adultes choisis pour le projet de colonisation démontraient des talents intellectuels hors norme. Mes parents aussi : Maman est biologiste agricole et experte en diète, tandis que Papa est un as des maths. Il s'y connaît en chiffres imaginaires et en matrices pleines de dimensions, sauf qu'il ne m'a pas transmis ce talent.

Vers mes neuf ou dix ans, les chiffres ont cessé d'être mes amis.

C'était comme si j'essayais de nager contre le courant de la rivière. Je trébuchais sur des mots trop longs, des formules compliquées avec des X et des Y, et tous ces chiffres imaginaires qui défiaient mon imagination… Alors je me suis peu à peu laissée couler.

Olivia a dit que j'avais un problème *cognitif*, un mot qui ressemble à *cogner*, ce que j'ai souvent envie de faire devant ces équations pleines de X et de Y.

Papa et Maman ont tout essayé pour me faire gravir la pente raide de l'apprentissage, avec l'aide d'Olivia et de Marisol. Mais, pour mon cerveau, c'était trop peu, trop tard. Donnez-moi les quatre opérations et fichez-moi la paix avec le reste !

Mes parents ont fini par jeter l'éponge (on avait beaucoup d'eau, alors). Je me suis tournée vers les drames en images des sonivids.

« Elle apprend par les écrans », a dit Papa, résolument optimiste. Là encore, c'est clair que je ne tiens pas de lui !

* * *

Le beau Moineau et le grand Junco disent que j'ai une cervelle d'oiseau. Ce n'est pas vrai.

Pendant les repas en groupe, je les entends rigoler à voix basse, et les mots « miss Tic-Tac-Toe » semblent flotter au-dessus de leurs têtes penchées. Au moins, Cormoran, le plus âgé de notre petit groupe, ne rit pas. Et l'Aiglon, dont les cheveux sont roux comme du poil de renard (une bestiole qu'on ne verra jamais ici, sauf dans le conte du Prince au serpent), ne dit rien.

En passant, on a tous des prénoms d'oiseau.

Alouette, Urubu, Paruline, Fauvette, Colibri, pour les filles, et pour les garçons, Cormoran, Pétrel, Moineau, Pinson… avec parfois des variations : Roseline comme un roselin, Aiglon au lieu de Aigle. Je ne sais pas ce qui a motivé nos parents, quand ils nous ont donné naissance à bord du grand vaisseau tout blanc qui nous a largués ici. Le grand vaisseau s'appelait l'*Albatros*, qui était un oiseau voyageur sur la vieille Terre. La nostalgie, peut-être ?

Bon, je m'égare encore. Au sujet de ma cervelle…

Ma mémoire est comme un de ces grillages qui tamisent le minerai. Les gros cailloux restent, mais le sable et l'eau passent à travers les mailles.

Pour la mémoire à long terme, les grosses roches, ça va. Je me souviens très bien du temps où les enfants couraient partout sous le grand dôme, avec des maisons et des appareils. Je m'ennuie de cette époque insouciante qui s'est achevée par une nuit que j'aimerais bien oublier, mais qui reste imprimée dans ma cervelle.

La poigne de mon père sur mon bras. L'électricité avait claqué d'un coup, effaçant les contours familiers des habitations de la rue Toronto. La noirceur et l'odeur piquante de la fumée, transpercées par les flammes montantes d'un grand feu, devant lequel fuyaient les ombres. Les plastiques brûlaient et fondaient en dégageant une fumée épaisse. Ça puait atrocement. Et les cris, les pleurs de Marisol qui appelait Omal, Omal…

Il fallait enjamber les panneaux du dôme tombés ici et là. Un grand vent bizarre fouettait mes cheveux dans une tentative de me soulever. C'était l'air qui s'enfuyait par le trou percé dans le dôme. Enfin, la courbe du Théâtre, et le Rideau qui se déployait déjà. Alors que mes oreilles faisaient pop ! et que mon nez saignait, les deux moitiés se sont refermées, oblitérant l'incendie.

Je retouche la paroi du Rideau fermé, pour me rassurer. Et aussi pour repousser ce souvenir au fond du tiroir dont il n'aurait pas dû sortir.

La mémoire à court terme, ça va aussi : le sable coule lentement entre les mailles du filtre, comme une dune majestueuse, et j'ai le temps de dicter mes impressions au médaillon.

Mais entre les deux, j'ai du mal à garder mon attention sur un sujet qui ne m'intéresse pas, comme les sciences ou les maths pleines de X, de Y et même de Z !

Il y a des jours où ma mémoire-passoire ne retient rien, ni sable ni cailloux. J'oublie la corvée que je devais faire. Maman dit souvent que je suis dans la lune (sans préciser de laquelle il s'agit : les deux

Pommes rondes et lointaines, ou la petite Poire rabougrie et rapprochée ?).

Pourtant, et ça c'est bizarre, les moqueries de Paruline, les reproches d'Alouette, le sale tour que Pétrel m'a joué en épandant de la colle de nuit près des toilettes..., tous ces mauvais souvenirs restent collés dans mes neurones.

Là j'aimerais avoir une vraie cervelle d'oiseau pour les oublier, mais pas moyen. Mon cerveau est capricieux.

* * *

Un autre truc impossible à oublier : manquer la tombée de Rideau, c'est se condamner à mort. On apprend cette règle à tous les enfants du Théâtre depuis deux ans.

Le soir, la pression de l'air chute vite. En cinq ou six minutes, c'est comme si – selon Alouette-la-parfaite – on était transportés au sommet de la plus haute montagne de la vieille Terre.

Pas de danger que je tente un pareil exploit ! Déjà que mes jambes tremblent quand j'arrive au tiers du mont de l'Érable, le plus haut sommet de notre vallée, avec ses collecteurs d'eau qui ressemblent à de grands oiseaux noirs. Je n'envie pas ceux qui se tapent la corvée des « corneilles » : ce sentier zigzague sans cesse ! (Répétez ça très vite, c'est marrant.)

Alors gravir une montagne de 8 800 mètres pleine de glaciers qui tremblent, de roches qui déboulent, de neige qui s'effondre sous les pas, non merci !

Le mont de l'Érable a du bon : presque toutes les météorites s'écrasent sur sa face nord, donc il protège le Théâtre blotti contre son flanc sud.

(Ça n'arrange pas le problème que le Rideau va nous lâcher une nuit, à cause des fuites d'air.)

(Je ne sais pas si vous l'aviez compris, mais l'optimisme n'est pas inscrit dans mon ADN.)

3

Les voyageurs du temps

Bon, toi qui vas piler sur mes os blanchis en écoutant ma voix sur le médaillon, tu vas sûrement te demander où sont Alouette et Pétrel, dont je parle tant ?

Réponse : dehors.

Oui, je sais : manquer la tombée du Rideau, c'est gnagnagna… Mais Paloma-la-plus-que-parfaite avait découvert dans le désert une grosse toupie blanche. Une toupie qui coupe le temps.

Chaque jour, je passe à distance des voyageurs du temps, immobiles comme des statues. Parmi eux, Alouette-la-parfaite et Pétrel-le-casse-cou. Leur temps coule trois mille fois plus lentement que le nôtre. Pour eux, quelques minutes auront filé, tandis que nous aurons vieilli de six mois…

La toupie a un revêtement d'un blanc tellement brillant qu'on ne peut même pas voir son reflet. Tout autour des statues, on a planté des piquets avec des cordes de couleurs et des rubans qui indiquent le degré de coupure du temps.

« Coupure du temps » n'est pas un bon terme, mais ce sont des mots simples que les enfants comprennent. Comme « voyageurs du temps ».

* * *

Alouette tient d'une main un des câbles qui relient les voyageurs à la toupie. Même à distance, on peut voir la tension des muscles de son visage. Elle doit encore se demander si ça va marcher…

Elle et Pétrel avaient déjà touché le truc, et ça avait été compliqué d'arranger leur retour en temps normal. Alors, avec presque cent personnes qui se sont portées volontaires pour ce premier voyage (bon, quatre-vingt-seize, si je veux être aussi précise que Papa), il a fallu faire preuve d'ingéniosité.

En gros, la toupie et les voyageurs forment une étoile à six branches, six câbles de fer conducteur qu'ils tiennent. (Le fer qui-attire-les-aimants est un métal que je reconnais sans peine, avec l'aluminium léger-mais-solide, l'or jaune des drames historiques et le cuivre rouge. Le reste des métaux, c'est du *fouillemoinium.*)

Comme la toupie n'a aucune aspérité, on a noué les câbles conducteurs entre eux. Ce nœud est attaché à une corde de fibres isolantes qui passe par une poulie, soutenue par quatre poteaux. Ça a pris un mois pour mettre ces poteaux en place, avec la poulie, dans le champ ralenti !

On manipule la poulie en tirant la corde non conductrice, son bout arrimé en dehors du champ. Quand les presque cent volontaires se sont mis en place, une dizaine d'adultes ont abaissé le nœud de câbles sur la toupie.

Et crac ! Les voyageurs qui touchaient le câble se sont tus d'un coup.

Tout a été calculé et recalculé à la microseconde près, et les distances, et tout le reste. Le grand Robert a dirigé une centaine de pratiques pour s'assurer que chacun comprenne bien ce qu'il ou elle devait faire.

Dans six mois de la vieille Terre, soit la période qui a été décidée par le conseil pour la durée du premier test, la poulie va soulever le nœud de câbles de la toupie, ramenant d'un coup les voyageurs dans notre temps à nous.

* * *

Derrière Alouette, il y a Rubu, la plus jeune de notre groupe, dans une combi jaune et un fichu rouge qui serre ses cheveux qui ont toujours l'air d'exploser.

Sa mère Binti (qui, elle, porte ses cheveux en tresses plaquées sur le crâne) a une peur bleue de la toupie. Elle aurait préféré que sa dernière-née n'y aille pas. Finalement, Alouette et Olivia ont fini par la convaincre de « lâcher du lest ». Junco, lui, rôde souvent autour des voyageurs, hyper-protecteur envers sa petite sœur.

Cormoran, le jumeau de Pétrel, est resté avec nous : il peaufine des calculs avec Papa. Sa mère, la frêle Olivia, a probablement aussi peur pour lui.

Parmi les voyageurs, il y a la grande Manou, pas frêle du tout, qui s'occupait des bacs à compost.

Manou ne parle pas beaucoup depuis qu'elle a perdu son mari.

En son absence, c'est William qui gère les bacs à compost.

Lui, c'est un grand blond aux idées noires, un adulte inquiétant. Il a fait des avances à toutes les filles avec qui il était mis en équipe pour la collecte d'eau. Sauf moi, parce que cette tâche demande d'être très en forme. C'est Alouette qui a fait éclater le scandale.

À l'époque, j'ai songé que Paloma et ses magnifiques cheveux avaient bénéficié d'un échange peu savoureux avec le grand blond. J'ai été un peu bête ce soir-là et je me suis disputée avec Alouette. Celle-ci m'a traitée de paresseuse, et ça pince.

Surtout parce que c'est un peu vrai que je suis lente à l'ouvrage. À quoi bon toutes ces corvées pour un combat perdu d'avance ?

* * *

Je pense à Paloma-la-plus-que-parfaite.

J'aurais tellement voulu être son amie... mais elle et Alouette n'avaient pas besoin d'une troisième roue pour faire rouler leur bicyclette !

Un soir, Paloma a manqué la tombée de Rideau.

Et on a tous, même Alouette, cru qu'elle avait mis fin à ses jours. Qu'elle avait été faible. Et j'avoue que ça me donnait une satisfaction par en-dedans, une satisfaction « vicieuse », aurait dit Paruline, de savoir que la belle, la parfaite Paloma avait cédé à la pression de survivre jour après jour, corvée après corvée, sous la menace de la comète verte.

Elle n'aurait pas été la première à se suicider. Même au temps du dôme, des adultes désabusés sont partis en promenade et ne sont jamais rentrés. Je ne calcule pas le nombre de fois où j'ai regardé vers l'est, vers la mer invisible au bout de la vallée, en me disant que ce serait si facile...

Crotte ! Pas moyen d'effacer cet enregistrement ! J'espère que Maman ne va pas écouter ça. Mais non, je ne le ferai pas !

Alouette, je dois l'admettre, a passé des jours pénibles. Non seulement elle a perdu sa grande amie, comme Marisol avait perdu Omal, mais elle se sentait coupable.

Moi, j'étais encore trop en colère, ou jalouse, ou triste. Je n'ai pas remarqué qu'elle marchait la tête basse après les funérailles. Et il y a eu l'affaire du journal intime. (Paloma me l'avait montré, juste une fois.) Ça a rendu Alouette furieuse.

Puis, ô surprise et retournement ! le journal de Paloma, que notre chef à tous avait caché (afin, a-t-il expliqué, que personne ne lise les pensées noires qui s'y trouvaient et n'imite son geste), a révélé la véritable raison de son départ au désert. Pendant des jours, Paloma avait traîné la toupie blanche, un objet d'origine inconnue.

C'était une découverte remarquable. Paloma voulait nous faire la surprise, mais la fatigue et le manque d'oxygène ont empêché son triomphal retour. J'hyperventile dans mon lit juste d'y penser. (Parce que ce gaz peut nous tuer par sa seule absence, l'oxygène s'est aussi incrusté dans ma mémoire.)

Et comme elle avait laissé l'objet – « l'artéfact », qu'elle avait écrit – derrière une dune, ceux qui ont ramené son corps ne l'avaient pas vu.

Du coup, Paloma est passée de perdante à héroïne. De parfaite qu'elle était auparavant, elle est devenue dans ma tête la plus-que-parfaite.

* * *

Le matin suivant, trop excité, Pétrel est allé se coller sur le truc. Il a figé comme une statue. On l'a cru mort, mais c'est comme ça qu'on a découvert que la grosse toupie blanche manipulait l'espace-temps pour créer une bulle de temps ralenti.

Je dis facilement ces mots, « manipuler l'espace-temps », parce que Cormoran les a répétés à toutes les sauces.

Puis les événements ont galopé. Alouette a rejoint Pétrel près de la toupie blanche.

Pendant des jours, on a veillé sur leurs statues en gardant nos distances. J'ai repensé à tous ces mots sortis de ma bouche qui ont gâché ce qui aurait pu être non pas une amitié – Alouette est trop *top* pour moi, avec son vocabulaire – mais au moins une camaraderie agréable.

Après que la comète verte a rasé l'horizon et disparu pour ne plus revenir, après que Pétrel et Alouette sont sortis du champ, mes mots d'excuses ont été noyés sous une vague d'émotions et d'accolades.

En plus, Alouette n'avait d'yeux que pour Cormoran. Et lui, timide et réservé, les cheveux noirs comme une aile de corbeau, rayonnait de joie ! Devant ce bonheur aveuglant, j'ai préféré m'éclipser.

Les jours suivants ont filé trop vite, bourrés d'activités et de préparatifs. De nouvelles corvées sont apparues. Le premier groupe de voyageurs s'est constitué avant que j'aie pu voir Alouette en privé.

Mais bon, je ne lui reparlerai pas avant son retour dans six mois. Six mois standard calqués sur les mois bizarres de la vieille Terre, qui n'avaient pas tous la même longueur. Et pourtant, il n'y avait qu'une seule lune, pas trois comme ici.

4

Faire équipe avec Paruline

L'avantage de figer dans la mélasse du temps le tiers de notre population, c'est que les réserves durent plus longtemps.

Nous avons plus d'eau, plus de nourriture, plus d'énergie et, surtout, plus de temps d'usage des fabricants qui fondent, assemblent, collent, tissent ce dont on a besoin, avec des plastiques recyclés et des fibres de céréales. Ces machines obéissent aux instructions de Papa et d'Olivia qui s'y connaissent en programmation.

Le désavantage du tiers des habitants qui manquent à l'appel, on le découvre au moment de faire les corvées et les récoltes !

Aujourd'hui, mon dos m'élance, les muscles de mes cuisses surchauffent sous leur confortable enrobage. Parce qu'il a bien fallu que je participe aux collectes d'eau !

Les collecteurs déploient leurs grandes ailes noires qui piègent la rosée matinale et dirigent l'eau vers le réservoir à leurs pieds. Mais le volume d'eau captée diminue sans cesse. À croire que les vents humides venus de la mer évitent notre vallée !

La suite de gros mots que j'ai émis en traversant la rivière à sec, en gravissant le flanc du mont Castor vers les corneilles, tirant le chariot de bidons vides, je ne l'ai pas dictée au médaillon ! Le chariot à vide pèse lourd, avec ses grands pneus crevassés récupérés d'autres véhicules.

En suivant le chemin en lacets qui monte vers les corneilles, j'ai toujours peur de voir entre deux roches des pieds à jamais immobiles… C'est comme cela qu'on avait retrouvé un suicidé, qui repose au cimetière maintenant.

Alors je regarde au loin, vers la passe entre les monts de l'Érable et de l'Ours. Le sable du désert s'en écoule pour former un grand éventail de débris qui s'avance dans le lit crevassé de la rivière. L'Éventail est très beau et géométrique, mais ça prend de l'endurance pour grimper cette pente raide.

L'origine du désert, expliquée par Olivia, sonne presque comme un conte.

Il était une fois une vaste plaine bordée par les montagnes que les pluies et le gel cassaient lentement en plus petites roches et en sable. Un cours d'eau emportait ces petites roches et ce sable, et les laissait en cadeau quand il se jetait par la passe. Au cours des ères « géologiques », le climat a changé et la plaine s'est asséchée. Maintenant, les vents du soir poussent les dunes vers la passe, et le sable recouvre l'éventail.

Le babillage de ma coéquipière interrompt mes pensées.

— Ce serait chouette d'avoir une auto, comme dans les archives… et elle pourrait jouer de la musique !

Oui, pour la collecte d'eau, j'ai été pairée avec Paruline, la coquette. (Depuis l'affaire du tripoteur, aucun jeune ne part seul pour une corvée éloignée.)

— Mais bon, reprend-elle, au moins cet exercice va dissoudre ma graisse.

Paruline est obsédée par deux choses dans la vie : le luxe dans lequel vivaient les filles des archives, et son poids.

On n'est pas vraiment faites pour aller ensemble, elle filiforme, et moi « poiriforme ». Ce n'est pas pour rien que je porte des pantalons souples pleins de poches saillantes.

L'eau me vient à la bouche en pensant aux poires. Les arbres fruitiers plantés sous le dôme n'ont pas supporté les changements de pression. Aucun n'a survécu, sauf ceux qu'on a transplantés vite vite au bunker. J'attends avec impatience la prochaine récolte du labo.

C'est vrai que mon attention vole d'une branche à l'autre !

Paruline, donc.

J'ai beau lui dire que les filles des archives sont mortes depuis un millénaire au moins, et qu'on n'a aucune idée de ce que font leurs descendantes si elles en ont eu, Paruline la coquette n'en démord pas.

Un jour, elle a profité d'une pause pour commander aux fabricants une paire de bas en nylon tellement mince qu'on voyait ses grains de beauté au travers. Ça exigeait si peu de matériaux que sa demande est «passée dans le beurre», comme l'a dit Maman après coup.

Paruline a eu droit à un savon en règle de la part du chef au sujet de la responsabilité de chacun pour la survie de tous, et blabla… Mais bon, elle a gardé les collants. (Le tissu trop fragile n'a pas résisté aux ravages du temps et des corvées, et il a finalement été recyclé.)

Quant à son autre obsession… La taille de Paruline ressemble à ces guêpes dans les documentaires. Très fine et accentuée par une large ceinture qu'elle affectionne. J'en profite un peu, car Paruline me refile tous ses desserts.

Kim, le seul adulte qui ait un appareil de pesée dans sa grande loge qu'on surnomme «la clinique», dit que l'obsession de maigrir est aussi nuisible qu'un surpoids. Il a sorti un mot qui commence par «ano», une maladie qui faisait des ravages dans les grandes villes de la Terre.

Le babillage cesse quand on arrive au pied d'un grand poteau aux ailes repliées. Je place un bidon sous le robinet du réservoir qui recueille l'eau. Paruline l'ouvre.

Plic, plic, plic ! Ça ne coule pas fort.

— Ça a encore baissé ! s'écrie la coquette. Je ne pourrai pas me laver les cheveux.

— Ouais, que je dis en sortant mes épines. T'as qu'à arrêter de boire !

— Tiens, miss Tic-Tac-Toe est jalouse !

Je prépare une réplique encore plus piquante, mais le bidon que j'ai lâché vacille. Paruline le rattrape. On suspend les hostilités jusqu'à ce que l'eau du robinet cesse de couler. En attendant, je lorgne l'autre truc qui nous sépare.

Paruline laisse pousser sa crinière, qu'elle arrange de toutes les façons possibles, en tresses, en chignon, en « pièce montée ». Elle utilise ses rations d'eau pour laver ses cheveux et les « mettre en plis ».

Et les miens ?

Ils ont dû voir l'avenir avant moi et décidé qu'ils ne voulaient rien savoir.

Bon, je blague ! Mes cheveux sont fins et plaqués sur mon crâne par un excès de « sébum » (ça, c'est un mot de Paruline qui est une experte dans le domaine). Et, sans eau pour les laver, puisque je ne travaille pas assez pour gagner des rations personnelles, à quoi bon les laisser pousser ?

Alors j'ai laissé tomber la coquetterie, au sens propre : coupe-coupe avec la seule paire de ciseaux du Théâtre. J'ai réalisé l'opération sous la supervision de Maman. Ici les outils coupants sont cadenassés pour qu'ils ne tombent pas entre les mains d'un dépressif.

Ou entre celles d'une ado pessimiste.

Je porte mes cheveux à un demi-doigt de mon crâne, ce qui simplifie leur entretien. Les garçons de notre petit groupe ont fini par m'ignorer, et cela me convient très bien, merci.

J'ai beau avoir quinze ans et l'emballage requis, je n'ai pas toujours envie de leur parler doucement, de me mirer dans leurs yeux ou de leur écraser les lèvres… Ouache !

De la même manière, les romances des drames du sonivid m'ennuient. Les triangles et les carrés amoureux qui font rire les gars me font bâiller. Même les classiques duos me tapent sur les nerfs. Roméo et Juliette ? Ils auraient dû se téléphoner plus souvent ! Il n'y a que quelques contes, comme celui du Prince au serpent, qui ne m'imposent pas de couple. Au contraire, ça parle d'amitié.

Quant au reste… zéro intérêt.

Moineau a une touffe de cheveux bruns qui se courbent en un parasol pour ombrager ses yeux, bruns aussi. Quand il travaille torse nu, les muscles de son dos dessinent des triangles qui bougent sans cesse et c'est amusant à regarder.

Un jour, j'ai embrassé Moineau près de la rivière (qui coulait encore, c'était juste après la construction du Rideau). Pour voir. Lui aussi voulait voir, je pense.

Mais le contact buccal, nos lèvres qui s'écrasent pleines de jus de salive, son haleine fétide n'avaient rien à voir avec le fourmillement agréable au creux du ventre ressenti par les héroïnes des romances de Paruline. Je me suis dégagée de ses bras. Il n'a pas été content de ma réaction et depuis, il m'appelle « miss Tic-Tac-Toe », comme les autres.

Alors, pour ce qui est d'aller faire des « explorations en profondeur » ou, pire, de produire des bébés pour la survie de notre colonie condamnée, c'est non merci !

Je rumine toutes ces pensées en ramenant le chariot et les bidons presque tous vides qui dansent dessus. Paruline marche à mon côté, déçue et muette, ses yeux cachés sous un rideau de cheveux.

5

Les chandelles éteintes

Quand je me tanne de compter toutes les façons dont on va collectivement crever, je m'attarde après le souper pour observer les joueurs d'échecs (et ça me sauve de la vaisselle). Cormoran est imbattable, même contre Papa. La grand Robert perd contre Olivia. Hamidou, un jardinier à la jambe maganée, est malhabile mais toujours enjoué, même quand il perd !

Moi, j'ai bien du mal à suivre une partie.

D'abord c'est long, très looooong !

Personne ne bouge. Mon attention finit par dériver ailleurs. Je ne retiens pas comment toutes ces pièces bougent, sauf le fou, en diagonale. Le cavalier qui se déplace en L me déroute. (Un soir, j'avais demandé à Pétrel de m'expliquer pourquoi le cheval ne galope pas en ligne droite. Il a ricané et m'a appelée « miss Tic-Tac-Toe ». Les autres garçons ont vite adopté le refrain.)

Même au jeu de dames, j'ai du mal à suivre les sauts qui éliminent des pièces. Et quant aux centaines de pastilles noires et blanches du jeu de Go, pour moi, ça veut juste dire *Go away* !

Ce soir, la partie est encore plus longue, parce que ce sont deux chandelles éteintes qui jouent.

* * *

Au Théâtre, tout le monde fait sa part, même la frêle Olivia qui a des os de verre et marche avec deux cannes. Mais il y a des exceptions, comme les deux femmes et l'homme assis près du comptoir où travaille Maman.

Marisol est courbée par-dessus le plateau d'échecs posé sur ses genoux. Pierrette, assise en face sur une chaise pliante, fronce le nez comme si le plateau puait. M. Meadows (qui refuse qu'on l'appelle autrement et notre grand chef n'insiste pas) fixe un point dans le vide, indifférent à la partie.

On dirait que quelqu'un a éteint la lumière dans leurs yeux. Comme des chandelles éteintes.

Les « bons à rien », dit Junco. Les « fatigués », dit Paruline. Les « solitaires », dit Maman.

Les « dépressifs », explique Olivia, ont trop donné d'eux-mêmes pour construire la colonie de Sérail. Quand les météorites et la sécheresse ont jeté ces beaux plans à terre, ils ont sombré dans un état de découragement permanent.

M. Meadows... la perte du dôme l'a retourné comme une crêpe. Il marche courbé comme s'il portait une montagne sur ses épaules. Bien sûr, il avait signé avec son ADN le contrat qui promettait une vie bien remplie et utile. Il était architecte et dessinait des habitations audacieuses. Après la destruction du dôme et le départ de l'*Albatros*, il s'est retrouvé devant un avenir subitement rétréci.

Maintenant, l'architecte erre sur les anciennes rues, ses cheveux gris en désordre. Il remue la terre de son jardin où il s'entête à faire pousser, avec sa ration d'eau personnelle, des tulipes qui ne se mangent pas. Il refuse de regarder le ciel pour ne pas voir les bras cassés des poutres qui formaient le dôme, avec les morceaux de vitre qui s'y accrochent encore. Comme si, en ignorant la destruction, il gardait le dôme intact dans sa tête.

Pierrette, elle, avait toutes les compétences requises pour repartir avec l'*Albatros*, solide comme un ressort. Mais son mari, Daniel, devenait de plus en plus incohérent et « frayait avec le danger », avait dit Maman. Son état mental avait coulé entre les mailles du panier de sélection, comme les os fragiles d'Olivia. Selon celle-ci, l'intelligence artificielle du vaisseau a pesé le contre plus que le pour, rejetant Pierrette comme si elle était responsable de la folie de son homme.

Pierrette a tenu bon, jusqu'au soir fatidique. Quand Daniel n'est pas revenu à temps sous le Rideau.

Et là, son ressort s'est débobiné.

Pierrette a cessé de rebondir, de réagir et ne marche presque plus. Pas de mari, pas d'enfant, pas d'avenir.

Lors d'une réunion du conseil, Robert Radisson l'a classée à regret parmi le « passif » de la colonie (nous, on est encore des « actifs »). Je remplissais un précieux bidon d'eau filtrée dans la serre quand les membres du conseil sont sortis de la salle de réunion au deuxième. Le grand Robert a émis un commentaire à propos d'un « élastique cassé ».

Tamarine, qui descendait l'escalier devant lui, s'est retournée et lui a tiré la barbe. Elle lui a rappelé que lui aussi pouvait se casser un de ces quatre. (Tamarine était encore en bonne santé, alors, et la chef incontestée de la colonie.)

Marisol, elle, faisait les classes sous le dôme, un métier qu'elle adorait. Elle m'encourageait pour le calcul. Elle et sa grande amie Omal ont vaillamment aidé à construire le Rideau. Car, à cette période, une première pluie de météorites nous avait montré à quel point le dôme ne nous protégerait pas.

On avait colmaté à temps un premier trou laissé par un petit météore.

Sur la vieille Terre, les chutes de météorites étaient très rares. Mais ici, l'*Albatros* avait repéré une grosse comète verte qui allait nous en déverser plein sur la tête, surtout que l'orbite de Sérail croisait la traînée de débris laissée par la comète en question.

Et tout le monde a tremblé de peur, car elle nous en a mis plein la vue, cette comète, en rasant l'horizon de Sérail.

Bon, je me suis encore laissé distraire !

Le moral de Marisol a flanché (« pris une débarque », dit Pétrel, « périclité », dit Maman, « s'est effondré », dit Paruline) quand une météorite, qui devait peser des tonnes, a percé le dôme et détruit la maison d'Omal, la tuant ainsi que son mari et son fils Viréo. Si perdre sa meilleure amie produit cet effet-là, je suis contente de ne pas en avoir ! (Ensuite, le mari de Marisol a été sélectionné pour les partants… une autre famille brisée.)

Ajoutez à ça la vallée qui s'assèche, adieu les bains et les petits conforts !

Bref, il y avait de quoi perdre le moral pour Marisol, Pierrette et M. Meadows. Et les autres, qui se sont déjà couchés dans leurs loges. Il y en a onze en tout, tombés dans le découragement et l'apathie. C'est notre corvée à tous de garder un œil sur eux.

6

Arracher en douceur les mauvaises herbes

Ce soir, je laisse les dépressifs jouer entre eux aux échecs. Ils ont plus de patience que moi et, surtout, plus de temps libre.

En attendant ma séance de sonivid, je marche sur mes jambes raides entre les carrés de verdure qui occupent une moitié de la scène. La plupart des familles sont rentrées dans leurs loges, sauf les adultes du conseil qui discutent ferme dans la salle de réunion du bunker, là où se trouvent les sonivids en question.

Les loges font toutes quatre mètres de profondeur, mais leur largeur varie : deux, trois ou quatre mètres, selon les besoins. Maman, Papa et moi habitons dans une «trois». Alouette, Pinson et Colibri restaient dans une quatre mètres avec Tamarine, quand elle vivait. Comme Alouette est suspendue dans le temps ralenti dehors, les petits sont gardés chez les Radisson. Et je ne vous dis pas les chicanes pour qui voulait emménager dans la loge vide de Paloma !

Finalement, c'est Loren qui en a hérité avec sa petite Mara, qui est à croquer. Son mari, le tripoteur qui confondait filles et jouets en peluche, a convenu qu'un temps de séparation leur ferait du bien. William dort maintenant seul dans leur loge de trois mètres (un luxe !), mais le grand Robert l'a à l'œil. À la moindre incartade, le «pelucheur» dormira sur un lit de camp dans le bunker !

* * *

Je pense encore à la parfaite/plus-que-parfaite quand un toc ! toc ! de cannes résonne sur la scène. Dans un vrai théâtre avec un plancher de bois, l'écho aurait rebondi partout. Ici le béton amoindrit le son. Je me retourne, car une seule personne utilise deux cannes pour se déplacer.

Olivia, l'épouse de notre grand chef (mais on ne l'appelle jamais comme ça en face de lui, ça l'énerve) vient de s'assoir sur le banc, près des jardinets. Elle porte son habituelle salopette, celle avec des coussinets vis-à-vis les genoux pour amortir le choc en cas de chute. En fin de journée, elle aime se reposer sur le banc, ses jambes frôlées par les plantes qui débordent des carrés de verdure.

Moi, je suis soudain gênée de la fixer. Alors je m'assois entre deux jardinets, ma tête à peine plus haute que le fouillis, et je me mets à arracher les herbes indésirables. Les enfants qui se partagent le désherbage de jour en ont oublié beaucoup.

Les jardinets sont négligés depuis qu'Ovide, un des dépressifs qui s'en occupaient, est parti vers l'avant avec les voyageurs du temps. L'artéfact a ranimé son goût de participer à quelque chose.

(M. Meadows n'y touche pas : il s'obstine avec son ancien jardin, du temps où de belles maisons s'alignaient sous le dôme, le long d'avenues qui portent des noms de villes inconnues comme Toronto, Paris, Montréal.)

C'est bizarre de dire ça sur une planète sans végétation, mais les graines et les plantes qu'on a apportées se sont mêlées et certaines ont muté en mauvaises herbes qui puisent l'eau sans rien donner en retour.

Les pires sont de minuscules fleurs blanches en cloche dont les racines sont tenaces.

En principe, les clochettes devaient donner un petit fruit comestible, gros comme un grain de riz, mais sans avoir besoin de le cultiver dans de l'eau comme le vieux riz. Hélas, non seulement le croisement (le « cultivar », dit Jean) n'a pas pris, il s'est retourné contre nous ! Il faut surveiller les carrés de légumes et les arracher.

Avant, pour finir cette corvée au plus vite, j'arrachais des poignées d'herbe. Elles repoussaient dès que j'avais le dos tourné. Bon, pas assez vite pour les voir à l'œil nu, mais vous avez l'idée. Travail à recommencer !

Maintenant, j'arrache les tiges en douceur, ce qui, aux yeux des autres, renforce ma réputation de paresseuse. Ils se trompent, mais pas trop. Plus je tire len-te-ment sur une tige, plus facilement les racines se dégagent du terreau. La mauvaise herbe ne repoussera plus.

Je saisis la base d'une tige entre le pouce et l'index, et la tire sans trop la presser, sinon elle s'effiloche et je devrai creuser pour retrouver les racines. Certaines mauvaises herbes sont des rusées qui se cassent trop facilement. On crie victoire, mais il reste un gros nœud de racines, enfoncé comme un bulbe de tulipe de M. Meadows.

D'autres plantes délinquantes entremêlent leurs tiges, leurs feuilles et vrilles, tant et si bien qu'il faut les séparer avant de les arracher. Quel boulot !

— Ça va, Roseline ?

La voix d'Olivia est toujours douce, comme pour apprivoiser ceux à qui elle parle. En général, je n'aime pas qu'on m'adresse la parole si je n'ai pas envie de parler. Mais Olivia est un cas spécial. Je ne peux pas l'envoyer promener, comme avec les autres.

D'abord, elle a développé en apesanteur une sale maladie des os qui la rend fragile comme une poupée de porcelaine, maladie qui n'avait pas été détectée quand elle et son mari, le grand Robert, avaient été sélectionnés pour coloniser Sérail. Même leurs tests ADN étaient ressortis négatifs.

Alors Olivia marche avec deux cannes, appuie-coude intégré, et porte sa combinaison rembourrée aux genoux. Ses cannes proviennent d'un fabricant plus raffiné que ceux laissés ici. Elle ne court jamais. Elle est si menue que j'ai l'impression qu'un coup de vent pourrait l'arracher du sol.

Olivia a des yeux bleus très pâles et, quand elle vous regarde, c'est comme si elle devinait vos pensées les plus secrètes. Il faut dire qu'elle fait les classes au Théâtre pour les enfants, supervise nos études, et ce, en plus de programmer les fabricants, avec l'aide de Papa.

Avant, d'autres qu'elle s'occupaient de notre formation. Mais depuis la destruction du dôme, Omal n'est plus là et Marisol se laisse mourir à petit feu. Les autres dépressifs se sont retranchés dans un petit cercle d'activités rassurantes, comme M. Meadows et ses bulbes de tulipe.

La mère d'Alouette était calée pour comprendre les gens et remonter leur moral. Mais depuis la mort de Tamarine, on dirait que «tout fout le camp» (c'est ce que chuchote Maman quand elle se croit hors de portée des oreilles indiscrètes).

C'est drôle comme les mots ressemblent à des empreintes digitales.

Alouette dirait «tout se délite». Paruline dirait «tout se déglingue». Le grand Robert bougonnerait «tout tombe en miettes». Junco, le frère de Rubu, dit souvent «tout pète!» et pour Pétrel, «rien ne va plus!». (J'ai recueilli toutes ces exclamations lors des événements houleux du passage de la comète verte dans notre ciel.)

Je sens le regard bleu laser d'Olivia m'effleurer. J'ai dû divaguer, encore.

— Ouais, ouais, que je réponds. Pourquoi ça n'irait pas?

Clac! En parlant, j'ai tiré trop fort sur une touffe de mauvaises herbes. Je tiens en main un bouquet de tiges dont les racines blanches pendouillent, brisées. Ces racines ont une consistance d'élastique. Quand elles cassent, les morceaux enfouis dans le terreau vont repousser de plus belle.

— Parce que tu ne te presses jamais autant quand tu désherbes, dit Olivia, avec un sourire dans la voix.

Je ne trouve rien à répondre. Je me penche au-dessus des feuilles pour qu'elle ne voie pas mes yeux. Olivia est capable d'insister et de me pousser à me vider le cœur… Puis je m'en veux d'être irritée, parce que cette femme si fragile n'a jamais ri de mes faiblesses.

Le silence se prolonge, une respiration, deux, trois…

— C'est pour ça que je préfère que ce soit toi qui désherbes plutôt qu'Alouette ou Pinson, dit-elle. Parce que tu prends ton temps.

Pinson, le petit frère d'Alouette, arrache indistinctement les plants de légumes et les indésirables. Ce n'est pas parce qu'il fait exprès pour se sauver d'une tâche (ça, ce serait plutôt le genre de Pétrel).

C'est que Pinson entend une moitié des instructions.

Sa tête est comme une maison avec des fenêtres qui s'ouvrent et se ferment ; la fenêtre « arrache » est grande ouverte, tandis que celle «seulement les mauvaises herbes» reste close. Il faut vraiment du temps et une patience digne de Tamarine pour s'assurer que ses fenêtres restent ouvertes quand on lui parle.

Olivia, qui a la patience mais moins d'énergie, ne peut pas aider au désherbage. Ovide, qui y excellait, est figé avec les voyageurs, tout comme Alouette. Elle, quand son tour arrivait, au bout de cinq ou six minutes, elle s'impatientait et, après dix, elle tirait les tiges qui cassent aux racines.

Alouette est toujours en train de courir, le contraire de moi qui aime rester tranquille. Bon, ses jambes lui ont quand même sauvé la vie, le soir où elle est revenue du désert après avoir trouvé Paloma.

Paloma qui avait découvert la toupie dans les dunes et voulait nous faire la surprise.

* * *

Les plantes devant moi sont devenues un fouillis vert. Les larmes me viennent facilement ces temps-ci. Penser à Paloma me rappelle tous les mauvais mots que j'ai dits à son sujet, et que tous ont pris pour de la jalousie.

Ils se trompaient.

Bon, c'est vrai que j'enviais cette abondante chevelure qu'elle entretenait avec un soin jaloux. Mais surtout, j'aurais tant voulu être amie avec elle ! Paloma n'avait pas un atome de méchanceté en elle, mais elle était tellement toujours occupée, ou enfermée avec Alouette dans sa loge, d'où pouffaient leurs rires !

La voix ténue d'Olivia se faufile dans mes souvenirs.

— Roseline, dit-elle. Ça nous arrive à tous, une mauvaise passe. Tu vas t'en sortir.

Je me retiens de lui rétorquer que je n'en suis pas si certaine. Olivia sait que je n'ai pas beaucoup d'attention. Elle connaît mes compétences en maths et en sciences, qui ne sont pas terribles. Je ne retiens du tableau périodique que les métaux des drames historiques : l'or, l'argent, le fer, le cuivre... Je n'ai aucune habileté qui me rendrait utile plus tard. Une bonne à rien.

(Bien sûr que mes parents m'aiment ! Mais bon, ils n'ont pas le choix.)

Un grincement de cannes me dit qu'Olivia se lève du banc. Comme plusieurs adultes qui travaillent dur, elle se couche tôt pour conserver ses forces.

Celui qui se couche tard, c'est son mari. Lui, il est toujours à fouiner partout ! Alouette le comparait d'ailleurs à une balle de ping-pong.

Tiens, le voilà qui traverse la scène pour rejoindre Olivia. Il n'est pas trop bondissant ce soir. J'imagine que la réunion houleuse s'est terminée. Houleuse parce que, quand il parle fort, on l'entend depuis la scène. D'autres membres du conseil, dont Papa et Jean, écartent les bandes du rideau de plastique transparent qui ferment le bunker et s'éclipsent dans leurs loges.

Le grand Robert a le physique d'un bûcheron des archives historiques. Grand, large et très fort. Et capable de délicatesse quand il serre sa porcelaine de femme, sa grosse tête hirsute penchée. Olivia disparaît presque entre ses bras énormes.

J'ai soudain l'impression d'espionner leur amour, accroupie entre les carrés de potager ébouriffés de clochettes blanches.

Quand je détestais Alouette, j'avais cru aux rumeurs d'une « idylle » (un mot de Maman) entre Tamarine Dupuis et Robert Radisson. Mais leur relation n'avait, finalement, jamais défoncé le mur d'une solide amitié. Au fond, c'était mieux ainsi.

Les deux s'éloignent d'un pas lent marqué par le toc ! toc ! des cannes, dans une grande bulle de tendresse poilue.

7

Répit et dépit

Je désherbe encore une minute ou deux avant d'épousseter mes pantalons et de marcher vers le bunker aux fleurs. Le bunker, c'est le cœur du Théâtre, la nuit.

La lumière derrière le rideau transparent reste toujours ouverte, pour les plantes. Tout à l'heure, plusieurs personnes ont emmené les enfants s'y brosser les dents. Je pense à ma séance de sonivid. Je suis la dernière de la journée, ce qui veut dire que, en principe, je peux garder l'appareil emprunté toute la nuit.

Le plastique huileux des bandes verticales flatte ma croupe quand j'entre dans le bunker. Tout de suite, l'air humide étouffant me prend à la gorge. C'est bon pour les petites pousses vertes, mais pas pour moi. Tout le premier étage est consacré aux plantes, qui y sont chouchoutées avant d'être replantées dehors.

Je vois la tête ébouriffée de Jean. Le père de Rubu et de Junco est un athlète, avec des muscles bien dessinés et des cheveux bouclés qui multiplient le volume de sa tête. À côté de lui, William a l'air d'un brin d'herbe. Les deux portent des contenants lourds. Jean grimpe sur un escabeau devant une grosse chenille de métal. Un glouglou gras d'eau sale résonne quand il verse une chaudière d'eau grise dans le bassin.

L'eau récupérée des toilettes et des éviers passe à travers des filtres pour abreuver les plantes. C'est une tâche puante, qui se fait normalement à une personne, mais William ne doit jamais être laissé seul. Le grand Robert craint trop qu'il recommence à embêter les femmes. Alors un adulte doit l'accompagner en tout temps.

Un ronronnement électrique parvient de la vitrine des fabricants. Depuis peu, une des machines a été réservée pour produire des pièces avec le métal récupéré des armatures brisées du dôme.

Fondre et mouler le métal demande plus d'énergie que de faire bouillir une soupe, mais nos besoins moindres permettent de produire des petites quantités.

Bon, je me suis laissé distraire, encore. Si je suis venue ici, c'est pour emprunter un sonivid.

Je monte l'escalier qui mène au deuxième étage. Olivia l'appelle une « mezzanine », un mot qui ne me dit rien. C'est un gros balcon fermé avec une passerelle de métal qui surplombe les serres. Là se trouvent une salle de classe/réunion et l'appartement spacieux des Radisson.

Spacieux, c'est vite dit par rapport à la grande maison qu'on occupait sous le dôme. Mais l'appartement est luxueux si on le compare aux loges appuyées contre le mur. Il contient un salon-bureau, deux chambres et, surtout, ô jalousie ! un coin-toilette.

Mes pas résonnent sur la passerelle. Je n'ai qu'à ouvrir la porte de la salle de classe et à filer avec un des précieux sonivids. Je tourne la poignée-barre. Elle ne bouge pas. Un clic de serrure me nargue. Ah, mais c'est pourtant mon tour !

J'ai tellement besoin de ce répit, de me pelotonner dans mon lit et de m'enfermer dans les drames pour oublier un peu celui qu'on vit !

Par le petit hublot de la salle, je peux voir les pupitres et les bancs tassés contre un mur, et la table couverte de grandes feuilles de plastique. Sur la table, deux minces tablettes avec des poignées rose foncé, rapportées par les adultes qui les ont utilisées. Et une autre, grise et sans poignées.

Les sonivids, qui renferment une infinité d'histoires palpitantes.

Et qui me narguent, si près et si loin.

Mon poing s'abat contre la porte, par dépit, un éclair de colère vite éteint. Ce n'est pas un argument gagnant : mes jointures rougissent de douleur.

* * *

Après m'être morfondue une bonne minute au moins, je prends mon courage à deux mains et frappe timidement à la porte des Radisson pour leur demander la clef de la salle. Olivia est sûrement couchée à cette heure, et son mari déteste qu'on fasse du bruit.

Pas de réponse. Pourtant, ils sont là ! Je commence à imaginer des tas de trucs horribles que j'ai vus dans les archives. Enfin, j'entends un pas traînant de l'autre côté, avec le toc ! toc ! familier.

— Entre, Rose, dit une voix, chevrotante de fatigue. La porte n'est pas verrouillée.

Je ne sais pas comment Olivia peut déduire que c'est moi de l'autre côté, mais je me sens aussi poisseuse que mes cheveux de la déranger. En plus, ouvrir la porte exigerait qu'elle lâche ses cannes.

Je m'exécute, en faisant attention de ne pas repousser la porte d'un coup, vlan ! Maman me dit que je suis un peu brusque avec les portes, au contraire des plantes. Mais bon, les plantes sont plus fragiles.

Olivia aussi.

J'entre dans le grand salon-bureau. Un divan, les murs bleu pâle couverts d'étagères pleines de livres et de bébelles techniques. Un sac ouvert, bourré de cailloux colorés me rappelle qu'ils gardent Pinson et Colibri en l'absence de leur grande sœur Alouette. (Pinson fait une collection de roches.)

Olivia porte un gilet et un pantalon souple, un pyjama coupé dans un matériel moiré qui provient des magasins de la vieille Terre. Ses yeux sont encore plus cernés que tout à l'heure. Elle a dû avoir du mal à coucher les enfants dans la chambre des jumeaux. Surtout la petite Colibri qui réclame un conte avant de dormir.

Pour faire de la place aux enfants, Cormoran, lui, dort dans la loge vide.

Cormoran, le gars qui a finalement capturé le cœur d'Alouette. C'est Paruline qui abuse de ces tournures de phrase. Mais dans le Théâtre, c'est difficile de garder une amourette secrète.

— Je… je suis désolée de vous déranger comme ça, mais, euh…

Pendant que je patauge dans mes excuses, Olivia s'assoit avec lenteur sur le coussin intact du divan. L'autre coussin est tellement écrasé qu'une dépression s'y est installée en permanence.

— Mais oui, dit-elle. Je t'ai entendue cogner sur la porte tout à l'heure !

Ha ! Voilà pourquoi elle a deviné. Paruline dirait « c'est une fine mouche », mais il n'y a pas un seul insecte dans notre écosystème. Et, vu toutes ces histoires avec les moustiques porteurs de maladies, c'est aussi bien comme cela !

— Je... eh bien, est-ce que je...

Je bafouille pour attraper ma question, mais c'est une autre qui sort de ma bouche.

— Pourquoi votre mari n'a pas ouvert ?

Son regard plonge au sol si vite que je devine que quelque chose ne va pas. Ou bien j'ai dû la blesser sans m'en apercevoir. Ça c'est bien moi, de jeter une question sans regarder s'il y a un filet en dessous !

Olivia frotte l'une contre l'autre ses mains délicates.

— Il a besoin de sa nuit, dit-elle. Il était fatigué.

— Mais, il est tellement... euh, fort !

Fiou ! J'ai failli dire « gros ».

— Il est fort, mais il se fait du mauvais sang pour tout le monde. Et à la longue, ça le mine. Il prend tout sur ses épaules, surtout depuis...

Elle éteint sa phrase avant de la finir. Ça, tout le monde et même les dépressifs le savent : depuis la mort de Tamarine Dupuis, la mère d'Alouette-la-parfaite.

« La Débrouillarde en chef », disait Paruline. La « Merveilleuse médiatrice », disait Maman. « Tamarine-la-si-fine », que je dis encore, tout bas. Tamarine qui, quand ses souffrances sont devenues intolérables, s'est couchée dehors à la clôture du Rideau, après un dernier pique-nique avec les siens...

— Ben, il pourrait se reposer, regarder un truc des archives pour se détendre !

— Ce n'est pas dans sa nature, Rose.

Elle parle doucement pour ne pas réveiller les dormeurs.

— Mon homme a toujours été comme cela, un tourbillon d'énergie, jamais capable de rester en place. Pour lui, il faut que tout soit fait hier.

Elle me tend une carte métallique.

— Tiens, voici la clef, et tu iras prendre un des sonivids de la salle.

Peu de portes se verrouillent au Théâtre, sauf la salle des fabricants et celle du contrôle du Rideau. Les pièces du haut n'étaient pas verrouillées avant.

Depuis les événements, Robert a fait installer des serrures et fabriquer de nouvelles clefs.

— N'oublie pas de la rapporter ici, dit-elle.

8

L'occasion fait le larron

Je ne sais pas comment étaient les journées sur la vieille Terre, mais celles de Sérail sont plus longues et, pour les adultes, « ça les tape », dirait Paruline.

La salle de réunion est assez grande pour contenir tous les adultes de la colonie (en se tassant un peu) et une grande table qui sert pour le bricolage des plus jeunes. Le conseil du Théâtre s'y réunit pour prendre les décisions le soir. Les chaises tassées laissent un grand espace libre.

Les dessins maladroits d'enfants sur fibres plastiques s'empilent sur une chaise en retrait. La table est couverte par de grandes feuilles de plastique, leurs coins pressés par des galets de la rivière. Sur la première feuille, s'étale une carte de la vallée, avec le cercle marquant l'emplacement du dôme. Une section hachurée du cercle indique le Théâtre.

Les cartes proviennent des photos prises par les satellites avant le départ de l'*Albatros*. Les partants nous ont laissé un satellite en orbite, pour surveiller les objets spatiaux (comme la fameuse comète qui a failli nous emboutir). On ne lui en demande pas trop, pour faire durer ses réserves.

Les monts de l'Érable, du Chat et du Castor nous entourent, avec des croix marquant l'emplacement des corneilles au sommet. Je connais par cœur les chemins pour aller aux composteurs et aux terrasses, mon doigt suit les lignes de niveaux. Puis je vois un tracé en pointillé qui suit la rivière.

La deuxième carte prolonge ce pointillé – une route ? – le long de la vallée de l'Entonnoir vers la mer. Une autre route remonte en zigzag le mont escarpé de l'Érable, puis bifurque pour suivre la lisière du désert où Paloma a perdu la vie.

Or, ça cloche. Ces routes vont trop loin pour un trajet à pied. Sans les rutilantes bagnoles pour filer à grande vitesse, impossible de revenir derrière le Rideau avant le coucher du soleil.

Paruline pense que les fabricants construisent une voiture, mais je ne la crois pas : faire fondre tout ce métal pour un véhicule demanderait trop d'énergie.

Je me désintéresse des routes et j'agrippe une tablette. Bizarre, ce n'est pas un des sonivids de distraction : la tablette est enveloppée d'un métal clair, scintillant comme de la neige. Pas de poignées, pas de traces de doigts, rien. Ça doit être un appareil spécialisé, comme le sonivid médical de Kim.

En plus, la dernière personne qui s'en est servie ne l'a pas éteint : des traits de couleur dansent sur l'écran en veille. Je songe à toutes ces réunions le soir, ces discussions qui n'en finissent plus.

Mon cerveau pétille d'excitation.

Je ne suis pas supposée fouiner dans les affaires des autres, mais entre intention et tentation, il y a juste deux lettres de différence.

J'active la tablette. Un dessin remplit aussitôt l'écran. On dirait une poire inversée, avec plein de chiffres et de dimensions. Le souvenir de ce fruit si frais, si juteux me met l'eau à la bouche. Alors je fais défiler les images.

Je comprends vite que la poire est un ballon gonflé d'air chaud ou d'un gaz léger, qu'on enverrait très haut. Je trouve un croquis de la toupie que Paloma a découverte. Les traits ne sont pas uniformes. C'est un dessin réalisé par une main humaine. Mais qui ? Un des adultes du conseil ? Parmi notre génération, la seule qui dessinait bien était Paloma.

Je flippe les images sur l'écran. Ici un concombre volant avec des hélices et une nacelle dessous. Là je reconnais un de ces vaisseaux qui se tiraient dessus dans les drames historiques. Des dirigeables. Mais qui voudrait bien vouloir se risquer dans ces fragiles ballons d'air chaud ? Pas moi en tout cas.

Ça, ce serait le genre d'Alouette ou de ce casse-cou de Pétrel. Ces deux-là, ils vont bien ensemble pour l'audace. Curieux que, finalement, Alouette ait choisi le frêle Cormoran. Il joue de la flûte, il calcule et code. Dessine-t-il en plus ?

Cette cascade de talents m'embête. On dirait qu'il y en a qui les accumulent, tandis que d'autres en manquent. J'aurais bien aimé avoir ce coup de crayon !

Je suis tellement concentrée que je lâche presque la tablette quand une voix m'interpelle.

— Qu'est-ce tu fais ici, toi ?

Je me retourne, agacée et furieuse.

William le pelucheur est campé sur le seuil, ses cheveux ras comme un tapis sale sur son crâne anguleux. Sa combinaison sent mauvais, car il a travaillé aux composteurs toute la journée avant sa corvée d'eau sale avec Jean.

Je dépose la tablette sur la table derrière moi. Je prends un des deux sonivids à poignées roses, avec une nonchalance feinte. Jean aurait dû être un ou deux pas derrière lui. Je m'attends à voir sa haute silhouette s'encadrer dans la porte.

Mais il n'y a personne.

On dirait qu'un seau d'eau glacée se déverse sur mon cou. Oui, le pelucheur est dans une pièce, seul avec moi.

Même si j'ai plus de chair que la maigre Alouette, je n'ai pas plus envie de me faire peloter par ce type. (Déjà que les histoires d'amour m'embêtent.) Alors je serre les lèvres et la tablette contre ma poitrine.

Je suis subitement contente de mes pantalons informes et de mes cheveux courts. Je n'ai pas l'air d'une fille des archives dont les vêtements collants révèlent les courbes.

Les billes sales des yeux de William me parcourent quand même. Je me demande s'il a flairé ma peur, comme les fauves de la vieille Terre. Derrière lui, la porte est restée entrouverte. Même si elle était fermée, je pourrais crier à l'aide, vu la mauvaise isolation des murs. Sauf que ça m'ennuierait de réveiller le grand Robert. Et Jean ne doit pas être loin.

L'odeur de boue et d'excréments mal compostés des pantalons du pelucheur me donne envie de vomir. Mais c'est la dure condition de nos vies ici, depuis que la rivière qui coulait dans notre vallée a décidé de nous bouder.

En fait, c'est la pluie qui boude; la rivière, elle, n'y peut rien. Et la neige qui coiffe les monts lointains semble s'évaporer dans les hauteurs au lieu de fondre gentiment. Alors les rations d'eau sont comptées et l'hygiène corporelle en prend un coup.

Quand le pelucheur s'avance vers moi, je sens un délicat équilibre se rompre.

* * *

Je n'ai jamais été en équipe avec lui, mais je connais tous les détails de ce qu'Alouette a vécu en sa compagnie. Paruline a elle aussi reçu des « attentions » suspectes. Et pas seulement les ados. La grande Manou a aussi témoigné devant le conseil.

William a affirmé devant tous qu'il regrettait ses actes et a demandé du soutien pour ne pas retomber.

Mais.

Il y a ce vieux proverbe qui dit « l'occasion fait le larron ». Est-ce qu'il va profiter de l'absence de témoins et tenter un geste agressif envers moi ? Et s'il avait dupé tout le monde ?

« La nature a horreur du vide », disait Tamarine.

Eh bien, la nature humaine, elle, a horreur du silence. Un silence prolongé met les gens mal à l'aise, du moins s'ils ne sont pas occupés à une tâche.

Moi, le silence ne me dérange pas trop, en général. Mais là, je sens un malaise qui bouillonne comme un remous sous la surface de la rivière. Et si William prenait mon silence pour un consentement ?

* * *

Toutes ces pensées me traversent la poire en moins d'une seconde, soit le temps que le pelucheur fasse deux pas vers la table. Hélas, celle-ci est appuyée contre le mur, ce qui m'empêche de la contourner pour en faire une barrière.

Alors je casse le silence avant qu'il finisse de traverser la salle.

— J'allais prendre un sonivid, que je dis d'un ton faussement jovial, mes doigts crispés sur les poignées de l'appareil.

Je me tasse d'un pas, sur ma droite et vers la porte, comme le fou sur le plateau d'échecs. Le pelucheur fait lui aussi un pas en diagonale, sur sa gauche.

Là un frisson de malaise me glace le dos.

J'évalue la possibilité de crier à l'aide (je suis trop fière) ou de lui décocher un coup de genou dans les parties sensibles (je suis trop courte).

— Tu regardais le projet, hein ? Tu n'es pas supposée fouiller ici, la petite !

Je ne sais pas de quel projet il parle, mais la distance entre nous s'est encore réduite. J'ai envie de me sauver en courant de son haleine rance. Mais voilà, je suis trop fière.

Je m'appelle Roseline et j'ai des épines.

Le frère de Rubu a dit une fois que, si on se comporte comme une proie, on attire les prédateurs. Alors je me redresse de toute ma hauteur, la tablette devant moi comme un bouclier, mes yeux comme des lasers.

Je ne suis plus une fleur, mais un cobra au capuchon déployé : gare à toi, le peloteur, je suis venimeuse…

— Touche-moi, et tu vas voir comment je vais réveiller tout le Théâtre !

Ma réaction a l'air de le surprendre, car il se fige. Puis ses épaules s'affaissent.

— Pas de danger, miss Tic-Tac-Toe. T'es trop laide !

Depuis que j'ai commencé mes règles, j'ai récolté un tas de commentaires sur mon apparence, mon manque de soins et mes vêtements négligés. Et sur mes capacités mentales. J'y suis habituée.

Mais, venant de ce teigneux à mauvaise haleine, ça produit deux réactions bizarres.

Un, la déception qu'il ne me trouve pas aussi intéressante que les autres filles. Deux, la colère, parce qu'il considère que je n'en vaux pas la peine. C'est étrange, puisque les amourettes, avec ou sans amour, m'indiffèrent. Alors pourquoi est-ce que l'opinion d'un peloteur sans scrupules me turlupine autant?

Tous ces tracas filent en un éclair sur le petit écran dans ma tête. Mais je garde mon sourire venimeux et lui sert une de mes réponses cinglantes.

— Parfait, je vais avoir la paix!

Ses traits se tendent, de surprise ou de colère. Il pensait m'insulter. Là son souffle devient creux, comme s'il avait couru. Sa main droite s'est contractée en un poing osseux. Puis, comme à regret, ses doigts s'ouvrent.

— William? Qu'est-ce que tu fais ici?

Olivia, appuyée sur ses deux cannes, se tient à la porte. Elle a dû trouver que je prenais trop de temps à lui rapporter la clef. Elle est fragile comme une sculpture de verre soufflé, mais ses yeux clairs semblent paralyser le pelucheur.

— Et seul avec une enfant !

Évidemment, il proteste.

— Mais je… je ne…

Et tombe en panne. Bien fait pour sa pomme pourrie ! Olivia dirige son attention sur moi ; ses yeux me balaient des pieds à la tête, comme si elle cherchait une blessure.

— Rose, est-ce qu'il t'a… euh, embêtée ?

Embêtée, c'est un mot trop gentil.

D'un coup, le visage de William fige. Ses yeux s'embrument. Il sait qu'il va avoir des ennuis. Il sait, et je le sais aussi, que je pourrais l'accuser d'un attouchement, ou même juste répéter ses mots méprisants. Et je sais qu'il sait que je sais.

Un petit vent de pouvoir souffle dans mon dos. Ce n'est pas souvent que ça se produit dans ma vie. Un seul « oui » qui sort de mes lèvres pourrait réduire à néant les efforts de William pour se racheter.

Ce qui me retient de pousser ce « oui » venimeux, ce n'est pas le diamant brillant de mon moral. C'est le souvenir de Tamarine. Elle n'aurait pas aimé que je mente. Je laisse échapper une petite poche d'air coincée dans ma bouche.

— Non, dis-je. Il vient juste d'entrer.

J'ai le temps de voir quelque chose fondre dans les billes sales de ses yeux, et ses lèvres se pincent. Est-ce qu'il mérite ma pitié ? La voix d'Olivia tranche ces questions.

— Où est Jean ? Il devait être avec toi !

William cligne les yeux comme si la question le tirait d'un mauvais sort. Puis il aspire brusquement.

— Il s'est blessé près du filtre.

9

Une flaque de boue

Olivia porte la main à sa bouche.

— Gravement?

Les billes sales de William font un tour complet des lieux comme s'il cherchait une place pour se cacher. Puis il répond, à mi-voix.

— Il est tombé. Kim est près de lui.

Kim avait été l'assistant du médecin reparti sur l'*Albatros*. Il étudie sans cesse, avec son sonivid spécialisé et sa trousse de soins.

— Je venais vous prévenir, mais… euh, y'avait plus personne ici, sauf elle (il me désigne).

William aurait pu dire que je fouinais. Il ne l'a pas fait.

L'instant d'après, je me penche sur le balcon qui surplombe les bassins de semis, un grand damier vert entrecoupé de couloirs. Une grosse chenille de métal suit un mur, près de l'entrée du sous-sol où on cultive les champignons-tricheurs.

Le premier segment de la chenille est le bassin d'eau sale qu'on remplit avec l'escabeau. Le segment du centre, le plus long, ce sont les filtres. Ceux-ci se gorgent de débris et doivent être nettoyés souvent, sinon la serre se remplirait d'une odeur « pestilentielle », un autre mot savant de Paruline.

Plus près de nous, un grand baril fermé recueille une eau claire qui n'est pas bonne à boire, mais parfaite pour arroser les plantes. Je ne vois pas Jean, mais la tête noire de Kim dépasse d'un bassin d'herbes. Il est penché sur quelque chose. Olivia agrippe ses cannes. Ses lèvres forment un arc descendant. Je devine ce qui passe dans sa tête : il faut qu'elle réveille son mari…

— Rose, va voir, dit-elle. William, reste avec moi.

Je déboule les escaliers avec mon sonivid.

La serre est immense par rapport à nos loges, mais sa taille est limitée par celle du Théâtre.

J'arrive donc très vite près de la grosse chenille de métal. Je remonte le baril d'eau filtrée, le compartiment des filtres. Je patine soudain dans une flaque d'eau boueuse qui me force à ralentir avant d'arriver au réservoir.

Une ligne pâle a été tracée par un soulier glissant dans la flaque, zoup ! La trace pointe comme une flèche vers Jean, couché sur le dos, immobile. L'escabeau sur lequel il se tenait pour verser l'eau dans le réservoir est tombé sur le côté.

Kim soutient la tête de Jean, ses mains disparaissant complètement dans les boucles.

Un plic ! plic ! liquide attire mon attention. Des gouttes tombent encore sur la flaque brune qui libère une odeur de mousse moisie. Les filtres sont si encrassés que l'eau sale déborde hors du compartiment. Déjà qu'on manque d'eau !

C'est le problème quand on manque de monde : le nettoyage des filtres ne se fait pas.

Plic ! plic !

Je trouve le robinet qui ferme l'arrivée d'eau sale du réservoir. Le tourner ne demande pas de comprendre des « chiffres imaginaires ». En moins d'une minute, le plic ! plic ! des gouttes ralentit.

Je jette un coup d'œil sur Kim, toujours penché sur Jean. Celui-ci ne réagit pas. J'ai peur de cette immobilité. On a peu de moyens pour traiter des blessures graves ici.

Et s'il était mort ? Et sa fille Rubu, en suspension…

Dans ma tête, j'imagine l'horrible William qui profite d'un moment de distraction pour frapper son gardien. Ou pousser son échelle et le faire tomber. J'ai vu des centaines de drames...

Mais tout de suite, je vois des déchirures dans le rideau de mon imagination.

Un tel acte n'aurait pas de sens : avec une personne en moins, William se retrouverait avec plus de boulot, et un autre devrait délaisser ses tâches pour le surveiller. Ça aurait été de sa part une violence gratuite, ou « sadique » (un mot de Paruline) parce que Jean n'a jamais exprimé la moindre animosité envers le pelucheur, contrairement à Alouette ou au grand Robert (qui l'aurait mis en pièces si ce n'avait été d'Olivia).

Pendant que je brasse ces joyeuses idées, une voix aussi tonitruante que familière remplit la serre.

— Misère de puits de pétrole ! Qu'est-ce qui s'est passé ?

« Tiens, quand on parle du loup », dirait Maman. Notre chef à tous se dandine entre deux bassins de fines herbes, agrippant les rebords. Il est mal réveillé. William le suit, sa tête penchée comme un élève en faute.

— On versait des seaux d'eau usée, dit-il. Je venais en apporter depuis un des éviers...

Les éviers en acier inoxydable dataient de la construction du dôme. Ils n'ont pas été modifiés, sauf pour les barriques d'eau avec la jauge des portions allouées. C'est là qu'on se lave les cheveux et les dents, quand on a de l'eau. (C'est aussi là que le pelucheur avait touché Alouette pendant qu'elle se lavait les cheveux.) Le drain de l'évier aboutit dans un grand contenant sous le niveau du plancher. Il faut souvent vider l'eau sale.

— Juste quand j'arrivais à côté des filtres, continue William, j'ai glissé, puis mon pied a frappé l'échelle et, comme Jean y était perché... Je n'ai rien pu faire.

Le seau d'eau usée qu'il a échappé s'est répandu, agrandissant la flaque.

Notre chef fixe le peloteur avec une intensité qui l'aurait réduit en cendres si ça avait été des lasers.

— Et, bien entendu, il n'y avait personne d'autre que vous deux dans les serres.

Les jardins intérieurs sont vides à cette heure, ceux et celles qui se livraient à leurs ablutions se sont couchés.

— Je n'ai jamais vu la flaque, dit William.

Robert Radisson le mitraille du regard.

— Si j'apprends que ce n'est pas un accident, tu vas le payer cher !

Moi, je revois les pantalons de William qui puaient tant. Le tissu à l'arrière est encore trempé. Selon moi, il est vraiment tombé. À moins qu'il s'agisse d'une habile mise en scène ?

Une autre voix intervient.

— Veux-tu bien le laisser tranquille un moment ?

Olivia, penchée depuis la passerelle, a suivi la scène. Robert hoche la tête pour la rassurer, mais ses poings serrés sont prêts à étamper William.

Entretemps, Kim a placé une compresse pliée en deux sur le front de Jean. Il se relève.

— Il ne saigne pas, mais je soupçonne une commotion cérébrale. Il doit se reposer dans un endroit calme et sombre.

Ces mots ouvrent un autre nœud de problèmes. Jean vit avec Binti et leurs deux enfants. Si Rubu est en suspension, Junco est du genre bruyant. La loge de Kim, la plus grande à cause des instruments médicaux, est mal isolée.

— Il pourrait occuper la loge de Paloma, dis-je.

Deux battements de cœur plus tard, je me souviens que Loren et Mara y ont emménagé.

— Une loge ne convient pas, dit Kim. Trop de bruit, et la lumière du jour entre par la grille du plafond.

— Eh bien, il peut se rétablir chez moi, offre Robert.

Kim regarde l'escalier. Olivia s'y tient, agrippant la rampe. En bonne *drama queen* que je suis, je devine qu'elle va sacrifier son confort pour les deux hommes, sans oublier Binti qui va sûrement stationner chez eux. Fini le sommeil réparateur pour notre grand chef !

Crotte ! C'est dans ces moments-là que j'aurais aimé qu'Alouette ou sa mère soient ici. Elles auraient trouvé une solution.

Moi, je suis distraite quand je pense trop et je manque de glisser à nouveau sur la flaque d'eau sale. Heureusement, je me rattrape d'une main (mon autre tient encore la tablette par une des anses) aux barreaux de l'échelle d'inspection des filtres. Fiou, j'ai évité un pantalon puant !

Je contourne avec précaution la tête de la chenille et l'escabeau renversé sous le bassin d'eau sale. Juste derrière se trouve l'entrée du sous-sol des champignons, un endroit où j'ai travaillé souvent. Je descends les trois marches dans une moiteur collante, pendant que derrière moi la voix de Kim répète « un endroit tranquille ».

Les champignons-tricheurs aiment la noirceur et le silence. Leurs capuchons arrondis couvrent deux grands bassins. On récolte la terre qu'ils ont décomposée en dessous pour la mélanger au compost. C'est un peu plus frais que le torride été qui règne dehors.

L'idée jaillit sans prévenir. Je remonte les marches en flèche.

— Hé ! dis-je.

Évidemment, ils sont en train de ressasser l'accident ou la tentative de meurtre. Binti vient d'arriver avec Junco, qui est aussi grand que son père. D'habitude, je n'aime pas interrompre des adultes, mais l'idée de perdre Jean (et d'hériter d'encore plus de corvées !) me fouette.

— HÉ !

Quand leurs têtes se tournent vers moi, je déballe vite ma suggestion avant de l'oublier. Il suffit de repousser un bassin de champignons contre le mur pour y placer un lit de camp...

Je termine, embêtée par tous ces regards. Et là, Kim me sourit.

— C'est un bon endroit, calme et sombre.

— Faisable, dit Robert.

Il me sourit lui aussi. Ça me fait un petit velours de savoir que mon idée n'a pas été balayée sous le tapis (même si personne n'a de tapis au Théâtre).

* * *

Une fois Jean bien installé, je regagne notre loge sous la lumière des lampes. Pendant qu'elles éclairent, je fais un prudent détour pour vider ma vessie.

Les rebords des cubicules cachent tout, sauf la tête. Une autre idée de Tamarine pour prévenir les tentatives de suicide dans un cabinet fermé. Contrairement à ses autres idées, celle-ci m'embête. Car il faut garder un visage de marbre, même avec les boyaux contractés. J'envie la mini-salle de bain du logement des Radisson.

Enfin, je rentre pour me blottir dans mon lit avec mon trésor. Étendue sous la grille du « plafond » de notre loge, j'ai une vue imprenable sur les poutres qui soutiennent le toit du Théâtre, leurs lignes découpées par la lumière jaune des lampes. Alors mes doutes reviennent se blottir contre moi.

Quand mes parents sont couchés (et ils s'endorment vite, car Maman se lève tôt, et Papa travaille aussi fort que n'importe qui aux terrasses), je tire ma couverture par-dessus ma tête (quand la pression dehors tombe, les nuits sont fraîches) et j'ouvre ma tablette. Le chatoiement des couleurs sur l'écran me fait déjà saliver.

Dans les histoires, pas d'incertitude.

Je peux m'attacher à un personnage et je sais que, malgré les dangers qui s'empilent, il ou elle s'en tirera (presque) sans égratignure. Et je peux choisir des aventures où les héros ne finissent pas en train d'échanger leur salive ! J'y passe des heures agréables, oubliant mes soucis.

Une fois, Pétrel a dit que ces aventures tournaient en rond, que mes choix étaient trop confortables. Quel casse-pied ! Comme si on ne manquait pas de problèmes ici, avec l'eau qui se fait rare !

Les images qui bougent sur mon écran et les répliques reproduites par les écouteurs m'emportent dans des mondes sans sécheresse, sans corvée, sans Rideau qui peut faire faillite à tout bout de champ. Des mondes où il y a des arbres, des océans, des animaux et des costumes flamboyants. Quand j'ai fait le plein de sonivid, je dors des nuits complètes, la tablette posée sur moi.

Et si le Rideau flanche, qui sera vivant au matin pour s'en plaindre ?

10

Le Renard roux

Le lit de la rivière ressemble à un gros casse-tête sans image. La boue se contracte en plaques quand le soleil tape dessus, comme ces déserts dans les archives du sonivid (que j'ai rendu ce matin, juste avant d'apprendre à quelle corvée je serais affectée). Des trous aux bords irréguliers parsèment ce casse-tête. Je pousse ma brouette vide vers celui où se démène l'Aiglon avec des gestes saccadés.

Ma tâche ce matin est de remplir la brouette de glaise. Puis des adultes vont charrier ces « brouettes de bouette » vers les terrasses. Il y a de l'eau emprisonnée dans cette boue, mais l'extraire demanderait trop d'énergie.

Alors on dépose cette boue sur les terrasses. Les céréales qui y poussent, comme les épis de teff d'un bel orange ciel, résistent à la sécheresse. Leurs solides racines aspirent la moindre parcelle d'humidité. Comme ça on n'a pas à prendre de notre eau pour les arroser…

Je cale ma brouette et empoigne la pelle avec une force tirée de ma mauvaise humeur. Puis j'enfonce la pointe de métal dans la croûte dure en surface, pour atteindre la couche plus molle dessous.

J'extrais des pelletées de boue luisante et les bascule dans la brouette.

Près de moi, l'Aiglon projette de la boue dans un grand cercle autour de lui. Il n'aime pas plus cette tâche que moi. Le soleil tape sur mes épaules et mon cou, ajoutant des taches de son à mes bras nus.

Un globule gluant frappe ma joue avec l'impact d'une claque au visage.

— Hé ! Fais donc attention, Glon !

Il me regarde sans comprendre, puis ses yeux se fixent sur la traînée grise qui décore ma joue. Il mâchonne un « s'cuse » presque sincère, puis poursuit son pelletage effréné. Je passe le dos de ma main pour me débarrasser de la motte gluante. J'en profite pour observer mon compagnon du coin de l'œil.

L'Aiglon a l'air de tout sauf d'un aigle, avec un visage délicat et des cheveux roux comme la toison du renard dans le conte du Prince. Ses yeux bleu pâle contrastent avec le ciel orange de Sérail. L'exercice devrait lui gonfler les bras, mais on dirait que ses muscles préfèrent rester bien tapis près des os.

C'est un garçon timide qui déteste sortir des rangs. Il est encore plus peureux que moi. Quand la nuit tombe au Théâtre, l'Aiglon scrute tous les recoins, comme si une créature informe allait planter ses griffes sur son épaule.

Je sais, j'ai regardé trop de drames d'horreur au lieu d'étudier !

L'Aiglon encaisse les mauvais coups que les autres lui jouent, sans rien dire. Un jour, quelqu'un a volé toutes ses paires de pantalons pendant sa corvée de composteur. Il a fallu qu'il vienne souper dans un des pantalons de sa mère (Nadine, une géologue aussi blonde que lui est roux). L'humiliation !

J'avoue que ça bat ma pénible expérience de poser le pied dans une flaque de glu en allant à la toilette. Tiens, je me demande si cette délicate attention nocturne ne visait pas aussi le pauvre Aiglon et que je ne serais qu'une victime latérale ?

Non, ce n'est pas le bon mot.

« Collatérale », corrige le médaillon. J'apprends les mots, mais quand je les cherche, ils filent se cacher au fond de mon cerveau.

On n'a jamais su qui avait volé les pantalons, retrouvés deux jours plus tard au sommet d'une pile odorante de compost. Mais le beau Pétrel a pris un malin plaisir à narguer l'Aiglon en l'appelant « le petit gars à sa maman ».

Il a de la chance d'être en vacances temporelles, celui-là ! Je jette ma pelletée de glaise avec un peu trop d'énergie. Mais ça défoule.

L'Aiglon n'a jamais répliqué à cet affront, mais il garde une solide rancune envers Pétrel et Junco, les suspects les plus probables. Quand il regarde Junco, qui creuse un trou plus loin, ses sourcils se froncent et ses poings se crispent sur le manche de sa pelle, ce qui fait ressortir ses veines bleues. Ses lèvres se pincent si fort qu'elles blanchissent.

L'effort colore ses joues. On dirait qu'il va exploser de rage, mais ce n'est jamais arrivé. L'Aiglon garde sa colère dans son ventre. Il s'acharne sur la glaise à la place.

— Arrête de me reluquer, l'épineuse ! qu'il crache, impatient.

Charmant ! J'ai dû l'observer trop longtemps. Je reprends ma pelle pour écraser la réputation de paresseuse qui colle à mes pas.

Très vite, mes vêtements et mes bras sont maculés de boue. Même le médaillon à mon cou est couvert d'une croûte de boue sèche. Je rêve d'une douche… mais on n'a plus assez d'eau pour se laver.

J'imagine les voyageurs immobiles autour de la toupie blanche. Ça fait drôle de penser que moins d'une demi-heure va passer pour eux, alors que nous aurons vieilli de six mois. Du moins, si on survit à cette sécheresse.

11

Pédaler de l'air

Parmi toutes les tâches dingues qu'on doit faire au Théâtre, celle-ci est une des plus agréables. Pas de boue ou de crottes à charrier ! En plus, je suis à l'ombre, dans un coin de la serre.

Et, surtout, seule. La belle grande paix !

Après deux jours pénibles de pelletage de glaise, Papa m'a désignée pour une corvée bizarre sur un appareil qu'il a rafistolé. Il a peut-être eu pitié de voir sa fille revenir couverte de boue, mais je ne m'en plains pas.

Je ferme les yeux et je m'imagine en train de rouler dans un paysage féerique digne des archives. En réalité, je pédale sur place, mes mains sur les guidons rigides. Je remplis une bonbonne d'air reliée à ma roue arrière. Papa me l'a répété assez souvent pour que je retienne le mot « compresseur ».

Nos bonbonnes, tout comme les « jauges de pression », proviennent de l'*Albatros*. Nos fabricants ici ne pourraient pas les construire sans pertes.

Pourquoi tout cet air ? Sans doute une réserve d'urgence, pour quand le Rideau va nous lâcher. Ce qui ne me rassure pas. En attendant, je pédale en allant nulle part.

* * *

Au début, c'est super facile. L'aiguille qui indique la pression tourne joyeusement sur le cadran entre mes guidons. Mais, au fur et à mesure que la bonbonne se remplit, l'air dedans devient moins accueillant. Alors je force pour en faire rentrer davantage. Ça devient vite inconfortable. Le banc frotte contre l'intérieur de mes cuisses, la sueur dégouline sur mon front.

Enfin, c'est pour la bonne cause.

Bon, j'ai trop ralenti ! Je m'y remets avec vigueur, car l'aiguille n'a pas atteint la bonne zone du cadran. Quand j'aurai fini, Paruline va me relayer pour remplir une nouvelle bonbonne.

* * *

Après mon tour de bicycle-compresseur, j'ai droit à un merveilleux verre d'eau. Ma gorge baignant dans le bonheur liquide, je marche devant la vitrine des fabricants. À quelle tâche s'adonnent-ils ?

L'embout du premier déverse une rangée de cheveux fins, tendus comme des cordes de guitare, qui sont avalés par une autre machine. Au bout, un tissu pâle et satiné s'accumule, délicat comme une robe de mariage dans mes drames historiques.

Je file vers Maman à l'autre bout de la serre. Dans la chaleur moite, elle transplante des plants de pois chiches, un croisement qui est supposé nous donner encore plus de protéines.

— Qu'est-ce qu'ils fabriquent ?

Elle pose ses instruments sur le rebord du bassin où pointent les pousses.

— Ils tissent un matériel hermétique pour un ballon.

Là je revois la poire dessinée sur la tablette. Ça fait comme des étincelles dans mes neurones.

— Vous voulez faire un ballon pour voir la ville dans le désert !

— Exact, ma Rose des sables ! Pour explorer, pour aller plus loin !

Maman démoule d'un pot un cylindre de terre parfait, les racines contraintes ayant suivi le moule. Comme mes châteaux de sable au bord de la rivière, quand j'étais petite.

— C'est de la soie ?

Maman prononce un long nom chimique qui rime avec le mot « acide » et qui sert déjà pour le revêtement du Rideau-qui-nous-protège-en-principe. Bref, des fibres de *chépasquoinium*.

— Elles sont faites de chaînes de « carbone » tissées tellement serrées que le ballon sera imperméable.

Le tissu si mince m'a paru très fragile. Mais comme Maman semble bouillir d'enthousiasme, je relègue ce doute aux oubliettes.

12

Colle dangereuse

J'ai hérité d'une nouvelle corvée. Je suis accroupie sur l'herbe devant le Théâtre, mes doigts sur la crosse d'un pistolet.

Pas un pistolet comme ceux des héros de drames historiques : le canon de mon pistolet suinte des gouttes d'une colle blanche qui dégage une odeur amère. Je presse le canon sur les bords de deux pans du tissu soyeux.

Les morceaux de fausse soie ont l'air rectangulaires vus du sol, mais sur les plans d'Olivia, ce sont des ovales dont un bout se rétrécit en pointe. Les fabricants tissent les bandes de fausse soie qui résiste à tout, tout, tout, mais il faut coller les morceaux.

Avec cette colle, il faut faire attention aux doigts, sinon on peut dire adieu à notre peau. C'est pourquoi j'utilise le pistolet. Cormoran et Maman pressent ensuite les bords que j'ai collés pour faire coïncider les lignes guides rouges l'une sur l'autre.

Un autre fabricant produit du gaz léger qui remplira le ballon. Là encore, on pédale joyeusement pour le tasser dans de grandes bonbonnes qui viennent de l'*Albatros*. Le grand Robert voulait un ballon à air chaud. Papa a dit qu'il faudrait brûler beaucoup de carburant pour réchauffer ce volume d'air, et les machines ne peuvent en produire.

L'idée du ballon est de l'utiliser non seulement pour observer au loin, mais aussi pour se déplacer, en y collant des hélices. J'aurais bien aimé un dirigeable en saucisse comme dans les histoires, mais « on fait ce qu'on peut avec ce qu'on a », dirait Tamarine.

* * *

J'ai vite apprécié qu'on travaille en plein air, parce que si cette fausse soie ne sent rien, la colle, en revanche, dégage une puanteur de plastique brûlé. Enfin, c'est moins pénible que de creuser la boue ou de nettoyer les toilettes.

— Ça sent vraiment mauvais !

Cormoran a lâché un rire nerveux.

— On dirait que la puanteur d'une colle est directement proportionnelle à son efficacité !

Il parle d'un ton léger, mais ses yeux dérivent souvent vers les silhouettes immobiles autour de la toupie blanche.

Ô *temps ! suspends ton vol*, me vient à l'esprit, mais je ne sais plus qui avait pondu cette phrase. Une autre bouffée de colle me divertit les narines.

— Pourquoi on n'attend pas la fin de… euh, leur suspension, pour faire le ballon ? dis-je, un bras tendu vers les voyageurs du temps.

Une ombre me couvre. Je me retourne, méfiante, mais c'est le grand Robert qui nous observe, avec un brin de malice dans les yeux.

— On ne va pas rester les bras croisés, dit-il.

Il en a de bonnes, lui !

Depuis l'arrivée de cette toupie temporelle, nos journées sont pleines de corvées. Ces temps-ci, je dois serrer ma ceinture d'un cran de plus. Paruline ne peut plus me refiler ses desserts : comme moi, elle est tellement crevée le soir qu'elle engloutit sa portion sans s'occuper de sa taille.

* * *

La difficulté de notre tâche n'est pas de coller les morceaux, mais d'empêcher la ribambelle d'enfants qui jouent dehors de piler dessus. Pinson le curieux veut goûter la colle qui suinte d'un pistolet à terre, mais une main brune le tire en arrière.

Jean surveille les plus jeunes. Il s'est remis de sa chute, mais il a des problèmes de « coordination motrice » : il marche plus lentement et, aux repas, sa main tremble. Il doit se faire aider par Binti.

Kim lui a interdit les travaux durs jusqu'à nouvel ordre, ce qui est ennuyeux car Jean est le plus fort du Théâtre après Robert Radisson. Là, il utilise ses mots plutôt que ses muscles pour amener les enfants à désherber les carrés de potager.

En fait, « ils » les amènent, parce que le pelucheur a insisté pour rester avec lui. William a dit à Olivia qu'il voulait garder un œil sur sa fille Mara, une petite blonde qui bondit partout, et candidate parfaite pour se coller les cheveux avec la glu. Mais je l'ai surpris à jeter souvent des coups d'œil sur Jean.

Ces coups d'œil sont soit inquiets, parce que le pelucheur se sent un peu coupable de l'accident, soit calculateurs, parce qu'il veut bien paraître aux yeux du groupe. Je n'ai aucune confiance en lui.

Bon, on voit que j'écoute trop de drames. Mais je n'ai pas oublié la confrontation dans la salle de réunion. Aussi, j'éprouve un soulagement quand notre grand chef, qui vient de remarquer sa présence, fronce les sourcils. Lui aussi, il se méfie…

Une vive douleur à la main me fait sursauter, comme si le serpent venimeux de l'histoire du prince m'avait mordue au sang. Mon pouce a accroché l'embout surchauffé du pistolet à colle… et est resté collé.

Je n'aime pas attirer l'attention sur moi, mais la brûlure m'arrache un cri aigu. Rien à faire, mon pouce soulève le tissu quand je veux me libérer.

Je passe vite sur la panique qui a suivi. Maman file dans une direction et Robert dans l'autre, tandis que Cormoran, qui ne peut pas courir, me surveille.

Au bout de cinq minutes qui m'ont paru cinq mille (à chacun sa façon de voyager dans le temps !), Maman revient avec une petite bouteille de liquide clair. Elle verse deux gouttes transparentes là où mon pouce est collé.

Ce n'est pas de l'eau. Ça pétille, et une forte odeur me prend à la gorge. Mon doigt me brûle à nouveau.

— Désolée, ma Rose, dit Maman. C'est une solution acide qui va dissoudre la colle.

Enfin, mon pouce se libère. L'acide y a cependant laissé un ovale rouge. Kim, qui est accouru depuis la serre, y étale un peu d'onguent calmant.

Bon, comme je n'aime pas trop être la cause d'un retard, je reprends le pistolet pour me remettre vaillamment à l'ouvrage.

À ce moment, un souffle d'air sec soulève la tresse de maman et les cheveux noirs de Cormoran. Le grand Robert plisse les yeux vers le ciel flamboyant au-dessus de la passe entre les monts de l'Ours et de l'Érable.

— Je pense qu'on a assez avancé pour aujourd'hui, dit-il.

Notre chef a à peine prononcé ces paroles que la cloche du premier appel retentit. Incroyable, on dirait que son organisme est réglé sur l'horloge du Rideau !

Là-bas, sur les terrasses creusées dans les montagnes, les points noirs des équipes qui remuaient la terre s'immobilisent. Puis les travailleurs redescendent par les sentiers qui serpentent sur les versants de montagnes. Ils auront amplement de temps pour traverser le lit à sec, monter la butte qui enjambe la brèche du mur, puis se rendre au Théâtre.

Depuis l'affaire Paloma, le signal est lancé plus de deux heures avant la clôture du Rideau, avec interdiction de quitter le Théâtre. Je plains ceux et celles qui se trouvent déjà sur la scène à ce moment-là.

13

Retardataire

Je suis près de la cuisine quand les premiers travailleurs approchent, gluants de sueur après une autre journée torride. Aucun d'eux ne peut s'empêcher de tourner la tête vers les statues des voyageurs qu'il contourne.

Papa, debout près de la passerelle, tablette en main, coche les noms des arrivants. Une précaution de plus. Il sourcille.

Paruline, Cormoran et Olivia ont rassemblé les plus jeunes enfants pour les amener à la salle de classe dans le bunker, où ils joueront en attendant la clôture. (Cormoran est un as pour les occuper.)

Le vent du soir se lève : au-dessus des murs vers l'Éventail, un nuage flou de sable se déverse dans la vallée. Le vent soulève de la poussière des terrasses vides.

Un mouvement attire mon œil. Une tache sombre semble couler comme une larme du sommet du Castor.

Un ou une retardataire, qui prend des raccourcis dangereux en dévalant d'une terrasse à l'autre. Le roulement sec des cailloux délogés par ses pas couvre le chuintement du vent.

— Bonjour l'érosion ! grogne Paruline, qui vient d'apparaître à mes côtés.

Les dépressifs assis contre le bunker suivent la scène avec des yeux gourmands. C'est qu'il ne se passe pas grand-chose quand les plus turbulents de notre bande, Alouette et Pétrel, sont immobiles pour des mois.

La silhouette dévale un dernier talus avant que le mur du dôme la cache. Je l'imagine en train de traverser la rivière à sec. Enfin, je la vois surgir au sommet du talus qui enjambe la brèche. Là elle pourrait cesser de s'énerver et marcher parce que, depuis la mésaventure d'Alouette, Olivia et Robert ont devancé le premier appel du Rideau.

Mais non, le retardataire – je peux maintenant voir que c'est un homme très mince – court à grandes enjambées vers nous, ses longs bras battant l'air avec excitation. La cloche du deuxième appel du Rideau couvre sa voix. Quand il contourne les voyageurs, je reconnais ce corps maigre, ces cheveux roux plaqués sur son crâne par la sueur.

Enfin, l'Aiglon franchit la passerelle en un bond, avant de s'arrêter à bout de souffle.

* * *

Son arrivée en trombe bouscule la routine de fermeture du Rideau, parce que tout le monde s'agglutine autour de lui.

— Qu'est-ce qui t'a pris de traîner comme ça ? demande Nadine, sa mère qui est plus courte que lui.

— J'ai vu des trucs, là-bas, dans le désert ! a-t-il dit, son visage rougi. Comme des aiguilles.

Le mont de l'Érable est le point le plus élevé de la vallée mais, depuis le sommet du mont Castor, on peut aussi voir le désert par-dessus l'Éventail.

Debout derrière lui, j'essaie de me rappeler si j'ai vu quelque chose, lors de mes récentes corvées de corneilles. Une demande que mon cerveau capricieux retourne vide. Ouais, je regardais surtout les cailloux sous mes pieds.

Je me tourne vers ma coéquipière.

— T'as vu quelque chose, quand on y était, l'autre jour ?

Les lèvres de Paruline se tordent en une moue.

— À part ta collection de grimaces quand on tirait le chariot ? Rien !

Une envie de gifler la coquette me tord le bras, mais notre chef se rapproche.

— Mais qu'est-ce que vous avez tous, les jeunes, à tenter la mort ? s'écrie-t-il. On sait déjà que les dunes cachent des choses !

Là mon cerveau repasse en boucle fermée les dernières tombées de Rideau trépidantes et leurs vedettes : Alouette, Pétrel… et Robert lui-même, quand il a ramené la fameuse toupie. Ah, quel hypocrite !

— Ces aiguilles n'y étaient pas hier ! a protesté l'Aiglon.

— Bah, monsieur Carotte fait l'intéressant ! nargue Moineau.

— Ouais, on le sait que tu rêves les yeux ouverts ! enchaîne Junco, qui est bien moins gentil que sa sœur Rubu.

Vraiment, je commence à regretter le duo Junco-Pétrel ! Mais c'est vrai que l'Aiglon est souvent dans la lune. Une odeur grasse de compost enrichi aux champignons-tricheurs signale l'arrivée de William.

— Ce sera facile à vérifier demain, dit-il, en époussetant (bien inutilement) son pantalon couvert de taches.

Le grand Robert fronce les sourcils. Il n'a toujours pas digéré les écarts de conduite du pelucheur. Selon Maman, notre chef ne se pardonne pas de n'avoir rien remarqué. Et l'accident de Jean « a jeté de l'huile sur le feu », comme elle dit.

Notre chef gonfle ses poumons comme le loup qui voulait faire tomber une maison dans un conte, mais une autre voix s'élève.

— Il a raison, Robert.

Papa approche, une paume levée en signe de « nous venons en paix » pigée dans les vieux drames. Peut-être parce qu'il est l'adulte le plus âgé du Théâtre, il tend à éviter les conflits. Il n'est pas aussi habile que l'était Tamarine-la-si-fine, mais il compense par sa voix à la fois grave et douce.

Notre chef émet un grognement agacé.

— Ne me dis pas que tu prends son parti ? dit-il.

Mais Papa incline la tête vers la rangée de sièges où les occupants murmurent entre eux.

— Les êtres qui vivent sur cette planète se sont réveillés, dit Marisol, terrorisée.

— Ils vont nous exterminer sans merci ! crache M. Meadows.

— J'aimerais bien qu'ils nous guérissent, murmure Pierrette.

Trouver un objet d'origine non humaine a été un événement. En trouver un qui affecte l'écoulement du temps est tout aussi impressionnant. Mais des aiguilles qui poussent dans le désert revêtent une autre signification. Les chandelles éteintes avancent des idées aussi pessimistes que les miennes.

Moi, je me dis que si ces trucs pouvaient puiser de l'eau à ma place, ce serait bien. Peu après le troisième appel, le Rideau se referme, indifférent à nos états d'âme.

14

Paruline-la-pas-fine

Aujourd'hui, Paruline participe à la confection du ballon qui va nous libérer des limites de la vallée. Elle colle une ligne tracée sur le *chépasquoinium* hyper léger du ballon, pendant que je tends le tissu pour faciliter la manœuvre.

Évidemment, elle fronce le nez dès qu'elle hume l'odeur de la colle qui dégoutte de son pistolet. Elle porte une blouse aux manches évasées, pas une bonne idée ici.

— T'as trouvé le truc pour te sauver du travail, hein ? qu'elle me dit en roulant ses manches pour éviter un contact avec la colle.

J'ai beau lui montrer la tache rouge sur ma main, rien à faire. La coquette pense que je me suis blessée exprès pour me débarrasser de cette tâche. Ha ! Elle est dans les patates, parce que je déteste encore plus les autres corvées.

Au fond, notre tâche est quand même facile. Même que deux dépressifs, Marisol et M. Meadows (qui grommelle sous sa barbe parce que Robert ne lui a pas laissé le choix), font la même tâche. Juchée sur un tabouret, Olivia peut voir l'ensemble des pans du ballon étalés sur l'herbe, des grands fuseaux qui seront réunis par une pièce au sommet.

— Si seulement on avait des drones, se plaint Paruline.

— Les drôles ? que je répète, pour rigoler.

— Les partants en avaient besoin, dit Olivia, d'un ton las.

Ça ne remonte pas le moral de Paruline.

Ça ne remonte pas le mien non plus, mais c'est parce qu'il est fixé sous zéro. J'attends la fin et ma seule créativité est d'imaginer des scénarios tous pires les uns que les autres.

— Ouais, eh bien, ils auraient pu nous en laisser plus ! s'écrie Paruline, la pointe de son chalumeau à un cheveu de son genou.

Refrain hyperconnu.

Jadis, une trentaine de ces mini hélicoptères patrouillaient sous le dôme. Les partants les ont presque tous emportés. Notre dernier « drôle » a frappé de plein fouet une des deux arêtes qui se dressent au sommet du mont du Chat. Il survolait la vallée pour repérer un candidat au suicide (qu'on a retrouvé à temps, ouf!).

« Un coup de vent », avait dit mon père.

« Une erreur de programmation », a suggéré la mère d'Alouette – qui filait déjà un mauvais coton à ce moment.

« De la poussière dans l'engrenage des pales », avait conclu notre chef à tous.

— Ils nous ont laissé le satellite en orbite, dit Robert, ses genoux énormes creusant le tissu. Ça nous rend bien service.

Paruline baisse la tête, tellement qu'une de ses mèches pend tout près de la colle. Ça me ferait bien rire de voir la coquette engluée, mais après avoir rigolé, il faudrait refaire tout ce travail, parce que des cheveux pris dans un joint nuiraient à l'étanchéité du ballon. Alors je lance un « 'tention Paru ! » qui la ramène au ici-et-maintenant.

Et, pour être sûre qu'elle ne retombe pas dans le royaume des idées noires où je réside en permanence, j'attrape une idée qui vient de m'effleurer.

— On ne pourrait pas fabriquer un drone ? Ce serait léger, et on pourrait l'envoyer là-bas.

Et, au moins, on ne risquerait pas une vie. Une caméra montée prendrait les images des objets qui émergent et hop ! le « drôle » retournerait au bercail.

Paruline abat l'idée au décollage.

— Tu n'y connais rien en mécanique !

Olivia, assise, intervient.

— C'est une bonne idée et oui, on y avait pensé, dit-elle.

Son compliment me flatte dans le sens du poil.

— Ah oui ? dis-je pour en attirer un autre.

— C'est une question de ressources, répond Olivia. Le drone doit dépenser de l'énergie juste pour se maintenir en vol avec ses hélices. C'est pour ça qu'on ne peut pas le fabriquer, Rose. Le ballon, lui, flotte par « principe d'Archimède ».

— Euh, je ne souviens pas bien de ce type.

Paruline pouffe derrière moi.

— Archimède a compris que ce qui est léger flotte sur ce qui est plus lourd, explique Olivia. Et un ballon sera aussi capable de repérer une personne égarée.

Je note qu'elle se garde bien de dire « en fuite » pour ne pas déboussoler les dépressifs qui aident au projet.

15

Le ballon

Il s'est passé quatre jours depuis la dernière fois que j'ai dicté au médaillon. Le ballon est maintenant assemblé, à la grande joie de Paruline qui pourra aider sa mère à replanter des pommes de terre aux serres et, à mon grand dépit, parce que je retourne aux corvées salissantes !

Le nettoyage des toilettes sèches d'abord, pour des raisons évidentes. Le compostage, parce que l'odeur des tas me tourne l'estomac. Creuser la boue de la rivière est non seulement salissant mais, en plus, la boue séchée raidit mes pantalons.

Et puis, misère ! la tournée des corneilles qui se font de plus en plus avares. L'humidité dans l'air diminue comme si les montagnes entre la mer et notre vallée gardaient ces gouttelettes pour elles. Tant d'efforts et de sueur, pour quelques verres d'eau ! Parfois, j'envie les dépressifs qui n'ont pas de tâches… mais sont surveillés comme des enfants.

Après le déjeuner, on a transporté le ballon, enroulé comme un long boyau vers son « aire de lancement », la première maison de l'avenue Toronto, dont il ne reste qu'un rectangle de fondations.

Robert et deux hommes apportent les longues bonbonnes de gaz léger. Robert branche la bonbonne dans le petit bout du boyau, et on entend un grand psssst ! de gaz sous pression.

Tout le monde cesse immédiatement de parler. On n'entend plus que le sifflement assourdi du gaz entrant dans l'enveloppe du boyau et le crissement du tissu qui se dilate… On attend. Le ballon gonfle de plus en plus, puis il se relève comme un géant fatigué.

* * *

Bon, que je décrive le truc.

Une poire géante avec le gros bout en haut, un filet de cordes nouées à un panier tressé avec des lattes de plastique recyclé rose et gris.

Le panier a des anses comme une tasse de thé, mais trois au lieu d'une. Dans chaque « anse » est attaché un câble, dont l'autre bout est noué à un anneau vissé dans le béton des fondations.

Le panier est rond, avec un pourtour de métal qui contient deux renflements. Ceux-ci attendent les rouleaux ratatinés qui vont éjecter de l'air comprimé pour faire avancer le ballon. Les fabricants n'ont pas tout à fait fini le deuxième propulseur, mais le « principe d'Archimède » suffira à le faire monter.

Le résultat de tous ces efforts dépasse le toit du Théâtre en hauteur. Je ne suis pas remplie d'optimisme, mais j'avoue que de voir ce ballon que nous avons construit nous-mêmes me réchauffe le cœur comme un compliment que je n'ai pas mérité.

* * *

Robert et William ont apporté une corde mince comme un doigt de la petite Mara, mais léger (c'est un point essentiel) et solide (un autre point essentiel). Comme elle est très longue, ils l'ont enroulée en « huit » sur le sol.

Pour retenir le ballon, on a traîné un bloc de béton depuis une autre fondation de maison (le « on » excluant la personne qui raconte, mais incluant Moineau, Junco, le grand Robert, et deux ou trois autres). On y a vissé un anneau, auquel le bout de la corde est fixé.

Évidemment, devinez qui embarque dans la nacelle pour aller faire ce premier essai ?

Ben oui, notre chef bien-aimé à tous !

Papa qui a participé aux calculs sourcille, mais il donne le signal. On relâche les trois guides. Junco et les deux autres s'éloignent. Robert Radisson agrippe les cordes comme un explorateur.

La base de la nacelle reste collée au sol.

— Le volume n'est pas suffisant, dit Olivia.

Ce qu'elle ne dit pas, et que Cormoran m'apprend plus tard, c'est qu'ils ont calculé le volume du ballon pour un adulte moyen.

Un malaise s'étend parmi la foule massée en dehors du carré de béton. Enfin, Papa fait rattacher les cordes d'ancrage et notre chef s'extirpe, une jambe à la fois, de la nacelle.

— Je pense qu'il y a un petit problème technique, dit Papa, en réprimant un sourire.

Les gars de notre groupe pouffent, et Paruline et le petit Pinson aussi. Moi, je ris à pleines dents, mais mon rire se perd parmi ceux des autres.

* * *

Le « petit problème technique » a persisté pour tous les adultes qui ont essayé de s'envoler. Maman, qui est relativement légère, a vu la nacelle quitter le sol, mais à 100 mètres, le ballon stagne.

Cormoran se tape soudain le front. Il a oublié de calculer le poids de la corde qui retiendrait le ballon.

Sur son écran, il montre les chiffres qu'il calcule.

— Une corde d'escalade pesait 50 grammes par mètre linéaire, dit-il. Celle-ci est en polymère léger, rien que 20 grammes par mètre.

— Sauf qu'il y en plus que 2 000 ! que je dis.

Il soupire, et sa mèche retombe. Il la balaie avec impatience, alors qu'il dicte des chiffres.

— Ça pèse donc 40 kilos de plus avec la corde en pleine extension. Il faudrait une personne de petite taille.

Pinson, qui s'était approché, bondit sur place.

— Ouah, j'pourrais y aller alors !

Mais le petit frère d'Alouette est comme une toupie qui n'arrête pas de tourner. Et son temps d'attention, pour n'importe quoi d'autre que des cailloux, est très court.

Une canne tape le bloc de béton.

— Pas question de risquer la vie d'un jeune enfant là-haut ! dit Olivia.

* * *

En fin de matinée, tout le monde a fait la file dans la loge de Kim pour se peser. Olivia, petite comme un oiseau, pourrait s'envoler, mais son mari rouspète. Avec ses os fragiles, c'est périlleux.

Le verdict tombe : la plus légère est Paruline, à cause de ses régimes idiots.

Après, eh bien, c'est moi, ce qui me surprend.

J'ai toujours ma silhouette en poire, mais tous ces travaux fatigants m'ont fait fondre. Et je suis courte. L'Aiglon arrive en troisième, puis Cormoran, mais ses os fragiles l'excluent du tirage.

Je suis verte de jalousie quand Paruline, moulée dans son plus beau pantalon et une blouse de teff, d'un brun rouge qui met ses cheveux blonds en valeur, prend place à bord.

Olivia et mon père lui passent un des précieux sonivids pour capturer des images et un casque pour qu'elle puisse placoter. Au fond, elle n'a rien à faire.

Le ballon montera à 2 000 mètres de hauteur (c'est la limite du filin produit, pour le moment, faute de matériel). Ce serait assez pour voir la mer verte au bout de la vallée de l'Entonnoir, sans avoir à se taper la montée du mont de l'Érable.

Elle passe le sonivid à son cou, reçoit les instructions de sa mère. Elle a attaché ses longs cheveux pour enfiler le casque et sourit à la ronde comme une vedette des archives historiques.

Je verdis davantage de jalousie.

Heureusement que c'est juste une expression, sinon j'aurais l'air d'un gros cactus. Bof, de toute façon, personne ne me prête la moindre attention.

Il y a quelques flottements, puis les volontaires relâchent les cordes qui retiennent le ballon. Je m'attendais à voir la poire pleine de gaz monter doucement.

Dès que les trois cordes sont dénouées des anses, le ballon bondit comme une bulle de champagne, entraînant le filin sous lui. Le grand « huit » se défait à une vitesse étourdissante. Il y a une marque pour chaque dizaine de mètres, et ça file vite !

Un cri perçant parvient à mes oreilles, un instant après la marque des 120 mètres.

— Non, nooon, je veux descendre !

Je lève les yeux pour voir Paruline agripper le rebord de métal. Son visage tourné vers le sol, pâle contre l'orange du ciel, est « décomposé » (dirait Maman), « paniqué » (dirait Alouette) ou « capoté » (dirait Pétrel). Elle est trop haute, mais je devine le blanc de ses yeux exorbités.

Une ou deux secondes, donc 50 mètres plus tard, Junco et Moineau agrippent le filin ; ils grimacent parce que le frottement brûle les doigts. Robert les rejoint. Le ballon s'immobilise enfin, sauf la nacelle qui oscille.

Mais Paruline n'arrête pas de crier. Olivia manipule le sonivid pour lui parler.

— Ça ira, Paruline, on va te faire monter en douceur.

— Non, non, c'est trop haut, je vais tomber !

Sa voix stridente sort du sonivid tenu par Olivia. Je regarde le ballon qui flotte, une grosse bulle gris pâle vue d'en bas. Je ne vois pas ce qu'il y a de si terrible. Elle n'est même pas au quart de la hauteur !

Quand je lève à nouveau les yeux, la nacelle a cessé de jouer au pendule, mais Paruline a disparu.

— Elle a le vertige ? demande Cormoran, ses cheveux noirs tombant sur ses yeux.

Olivia est concentrée sur l'image transmise par son écran : les genoux de Paruline et les lattes de plastique du panier. Elle doit se pelotonner au fond. Le paysage lui fait-il si peur ?

— Ah, c'est malin, dit Papa. Demain, les dunes se seront déplacées et on risque de ne jamais revoir ces artéfacts.

Le désert n'a pas été surnommé la mer de Sable pour rien. Ses vagues bougent sans cesse.

— Il faut trouver une solution de rechange, dit Olivia, ses doigts crispés sur les pommeaux de ses cannes.

Puis son regard tombe sur moi, et il semble peser une tonne.

16

Ces rêves interrompus vus de haut

Cette fois, le ballon s'élève en douceur.

Des volontaires retiennent la corde, et il n'y a aucun vent en milieu de journée. C'est au matin et au soir qu'il souffle. Rien à voir avec l'ancien monde où on gonflait les ballons d'air chaud au petit matin, quand l'air était calme.

Je n'ai jamais gravi l'Éventail, ni le mont de l'Érable. Alors ça me fait un choc quand le toit du Théâtre et ses capteurs solaires (qu'il faut nettoyer souvent) glissent en dessous de ma nacelle.

La courroie du sonivid me scie la nuque et le casque me serre les tempes. J'agrippe les cordes qui lient la nacelle au grand anneau de métal au-dessus de ma tête. Mes bras tiraillent. Mes pieds sont calés contre les côtés.

Mais j'oublie vite ces inconforts.

On dirait que la vallée se déplie sous moi. Les terrasses deviennent des courbes de rubans orange, jaunes, vert pâle, la couleur des céréales qui y poussent.

Ces céréales ne demandent presque rien en eau, et leurs racines tirent du sol pauvre les éléments dont elles ont besoin. Quand on les écrase et qu'on les cuit longuement, elles donnent un pain nourrissant qui complète les légumes et fèves qu'on cultive plus près du Théâtre.

C'est un paysage épatant ! Je ne comprends pas ce qui a fait si peur à Paruline. (Quand elle a titubé hors de la nacelle, l'odeur acide qui montait du fond m'a dit qu'elle a été, disons, « violemment malade », une expression tamisée par la politesse de Maman. Il a fallu nettoyer avant que j'y prenne place.)

Puis je deviens consciente d'un crissement agaçant. Les cordes tendues au-dessus de la nacelle frottent contre le matériau du ballon. Je songe à la colle qui nous a donné tant de mal. Pourvu qu'elle tienne bon… Et là, d'un coup, le truc que j'ai ignoré en grimpant à bord me frappe l'esprit.

Si je tombais d'une telle hauteur, je ne survivrais pas.

Bof. J'aurais au moins la consolation de mourir vite, au lieu d'étouffer lentement quand le Rideau va flancher.

(L'optimisme, je laisse cela aux autres.)

Le ballon continue à s'élever. Toujours pas de vertige. Le réflexe naturel de craindre les hauteurs est vieux comme l'humanité, a dit Papa, mais cette angoisse s'est amoindrie en moi comme un aliment perd son goût quand on en mange trop.

Le tableau des montagnes qui s'éloignent vers la mer ne laisse plus de place pour la peur. Une faible brise caresse mon visage alors qu'au sol, l'air reste si immobile qu'un drapeau n'y flotte pas. Un mince ruban de mer apparaît, très loin.

Les odeurs changent elles aussi. La puanteur touffue des fosses à compost s'est dissipée. J'inspire à fond pour humer l'air salin de l'océan, mais c'est plutôt une odeur piquante et minérale qui s'obstine. Maman dirait « de l'ozone », mais la neige qui émet ce gaz se trouve sur les monts inaccessibles, de l'autre côté du désert.

Peut-être que, après tout, chaque monde possède son odeur propre. Cet air piquant et vif serait la signature de Sérail…

Mon moment de contemplation béate éclate quand le panier tressaille. La corde qui me retient au sol se tend si fort que si un géant la grattait, on entendrait une note de guitare. Mes doigts crispés sur les cordes, j'attends que le panier cesse de ballotter.

— Ça va ? demande la voix d'Olivia à mon oreille.

Là j'ai failli bondir hors de la nacelle.

Je ne suis pas habituée à porter un casque avec radio. Ça, c'était pour Alouette et les adultes qui partaient explorer la vallée, loin du Rideau. Mon cœur s'emballe si fort que j'entends ses potom ! potom ! Je compte cinq potoms ! avant de répondre, de ma voix la plus blasée.

— Ouais, ouais, je suis là.

— Alors tu peux balayer le paysage avec le sonivid.

Ah oui ! J'étais tellement ébahie que j'ai oublié d'activer le sonivid. Tout ce que j'ai à faire, c'est de tourner sur moi-même avec la tablette. Les trois caméras du sonivid, grosses comme des têtes d'épingle, capturent tout ce qu'elles voient dans plusieurs spectres de couleurs.

Comme je regardais vers la mer, je me retourne.

Par réflexe, je cherche des yeux la pointe orgueilleuse du mont de l'Érable. Je ne l'ai jamais escaladé, quel exercice tuant, et ce sera une belle vengeance pour moi.

Je ne la trouve pas. Pourtant, une montagne aussi imposante ne saurait s'escamoter !

Alors je cherche la passe entre cette montagne et le mont de l'Ours. Là je repère l'Éventail, un triangle plus court...

Et c'est à ce moment que tout se replace dans ma cervelle.

Je suis tellement haute que même les corneilles avares du mont de l'Érable ont l'air rabougries. Je peux suivre des yeux le sentier en zigzag qui monte au sommet. Incroyable, je suis plus haute que n'importe quel humain avant moi ! La danse des potoms ! reprend dans ma cage thoracique, mais c'est une fébrile excitation qui m'anime.

Je peux voir le cercle complet du dôme, dont il ne reste que les murs et l'arc du Théâtre.

À l'intérieur du cercle, les rectangles des fondations sont alignés le long des rues qui les divisent. Mais ces rues se prolongent, avec un relief qui n'était pas visible d'en bas.

La communauté de Sérail devait occuper toute la surface. (Et avant qu'on remplisse ce dôme, on aurait eu le temps d'en construire un deuxième.) Je peux voir les rues, les places et le cimetière avec son demi-cercle de pierres, la route droite qui le divise. Il y aurait eu une école, un parc, un gymnase et un grand marché...

Je découvre, pour la première fois, la ville qui aurait pu s'élever si le dôme n'avait pas été détruit par les chutes de météorites. C'est comme nos constructions dans le sable au bord de la rivière, du temps où elle coulait.

Évidemment, nos châteaux ne tenaient pas longtemps debout, mais Cormoran (qui devait avoir cinq ans à l'époque, mais quel cerveau il avait déjà) a commencé à tracer des rues, et Paruline a creusé pour aplanir des trottoirs dans le sable humide dessous, et j'ai piqué des baguettes de plastique pour imiter des lampadaires. C'était nos plans de ville à nous, avant que Pétrel, Junco et Alouette ne les piétinent.

(Bon, ils avaient quatre et cinq ans, mais ça m'a mise en colère et j'ai sauté sur Pétrel. C'est, je le pense, la première fois que je me suis battue. Mais pas la dernière...)

M. Meadows, du temps où sa femme était avec nous, dessinait des plans et des plans d'édifices, que Tamarine encourageait, que le conseil approuvait. Maintenant, il n'a plus de plans à faire... et plus d'épouse à qui se confier.

De mon perchoir, je peux embrasser des yeux tous ces rêves interrompus, circonscrits par le mur du dôme et sa dentelle de membrures brisées.

Et ça, ça me donne envie de pleurer.

* * *

Envie seulement, hein?

Parce que même si j'ai un nom de fleur, je suis dure. Et je suis supposée enregistrer le paysage. Je délaisse la ville mort-née pour regarder le désert au-delà de la passe en V.

Paloma-la-plus-que-parfaite avait aperçu un objet brillant entre les dunes, alors qu'elle se trouvait au sommet du mont de l'Érable. Elle avait perdu la vie en ramenant la toupie, par un accident qui aurait pu m'arriver tout aussi facilement.

(Tout le monde y compris moi avions cru à un suicide, jusqu'à ce notre chef à tous lise son journal.)

(Bon, c'était son boulot de lire les écrits de ceux qui se suicident, pour comprendre et, si possible, empêcher des répétitions. C'est pour cela qu'on garde les dépressifs près du Théâtre.)

Eh bien, je suis bien plus haute que Paloma se trouvait. Et contrairement au Renard, je ne vois pas un objet qui dépasse, mais plusieurs. En deux lignes droites.

Comme une piste d'atterrissage.

17

Ce qui sort de la mer de Sable

Le sable du désert, réchauffé par le soleil, est d'une belle couleur dorée. Alors le bleu pâle et froid de la rangée d'aiguilles s'en détache.

Le sonivid resté avec Olivia retransmet les images captées par le mien. Les exclamations fusent, filtrées par les écouteurs de mon casque.

« Pétrole ! » « Wow ! » « Ça, pour une surprise ! »

Je gage que, vues de près, ces aiguilles fines doivent être aussi grosses que les colonnes autour desquelles s'enroule le Rideau de jour. Je me demande ce qu'il y a en dessous.

Depuis ma nacelle, je vois les dunes comme jamais auparavant. On dirait les rainures sur une feuille, alignées vers la passe. D'autres dunes se pressent par-derrière, et ce mouvement dénude peu à peu le fond de la mer de Sable.

Les aiguilles me font penser à des lampadaires dans les rues. (Les drames historiques montrent ces lumières intenses qui semblent planer au-dessus des têtes des gens.) Je laisse mon appareil zoomer et dézoomer sur les aiguilles, leurs bases encore cachées.

Qu'est-ce qui se tapit sous le sable ? Un monstre de métal, comme dans les combats de robots géants que Pétrel visionne avec Junco et Moineau quand arrive son tour de sonivid ? Une ville enfouie sous les dunes ? Avec des corps ?

Ah non, ma curiosité morbide est titillée !

De toute façon, on ne pourra pas s'y rendre avant un bon bout de temps. Et là, je me rends compte que, si le Rideau nous lâche, on ne saura jamais quelle ville étrange se cache dans le désert.

18

Ce qui se cache derrière les montagnes

En bas, je crevais de chaleur. En haut, je frissonne. Maman a bien fait d'insister pour que je porte une veste à manches longues.

Je continue de me tourner vers le sud. Entre le mont de l'Ours et celui du Chat coule, ou plutôt coulait, la rivière qui nourrissait notre vallée.

Sa source se perd au pied de la muraille de montagnes qui ferme l'horizon sud comme une palissade. Derrière celle-ci, se trouve ce que Tamarine appelait un autre « bassin versant » (et qui, pour moi, s'appelle simplement l'autre côté). La région avait été cartographiée par satellite à notre arrivée sur Sérail : une vallée dénudée et sèche comme le dos de ma main.

Un peu après le départ de l'*Albatros*, la rivière avait cessé de couler. Ses méandres sinueux avaient, pour un temps, formé des petits lacs dans lesquels on pouvait patauger entre deux corvées. Ces lacs ont rétréci en flaques, qui se sont elles aussi asséchées pour former ce casse-tête de boue crevassée...

Alors oui, on s'est tous désintéressés de la source de cette rivière qui ne nous donnait plus rien. On s'est tant préoccupés du fameux désert à l'ouest et au nord, et de la vallée de l'Entonnoir à l'est, qu'on a oublié le reste du paysage.

Je suis des yeux le serpent pâle de la rivière à sec qui grimpe, grimpe, qui se subdivise en remontant vers la palissade de montagnes...

Un accroc attire mon attention : une petite encoche dans cette palissade, qui laisse voir une dentelle de pics lointains, blancs de neige comme des bijoux inaccessibles.

Sous ces pics lointains, se découpe un triangle tremblotant qui reflète l'orange chaud du ciel.

* * *

La voix ténue d'Olivia monte à mes oreilles.

« Rose ? »

Je ne réponds pas tout de suite, parce que j'essaie, stupidement, de me hisser sur la pointe des orteils en me retenant après les cordes. Cela ne me grandit que d'un doigt, mais c'est assez pour confirmer que je ne vois pas un mirage. (Si le sonivid n'était pas attaché à mon cou, il serait tombé.)

Pendant un long moment, je ne dis rien. Parce que c'est magnifique.

Un lac.

19

La coquette

Bon, là, j'ai zappé mon retour au sol, tirée par la vingtaine d'adultes en bas. Je retrouve chaleur et odeurs de sueur. Olivia est soulagée, parce que le vent commençait à me déporter et personne ne savait si la corde aurait résisté à la tension.

Une fois le ballon fixé au sol (on ne le dégonfle pas pour économiser le gaz léger à l'intérieur), je cherche Paruline des yeux, sans la trouver. Mais il y a au moins cent personnes qui se pilent sur les pieds, qui trébuchent sur les fondations ou sur les cordes qui retiennent le ballon. Enfin, le grand Robert et Papa les renvoient à leurs corvées.

Assis sur l'herbe devant le Théâtre, les adultes du conseil se passent les trois sonivids, leurs mains tremblant d'excitation.

— Incroyable, dit Robert. Pourtant, l'*Albatros* a tout cartographié depuis le ciel. Il n'y avait pas de lac à cet endroit.

— Le sonivid ne ment pas, dit Maman.

— Le lac s'est peut-être formé par la suite. dit Jean, assis sur un muret.

— Et notre satellite était assez occupé avec la comète…

Les autres satellites étaient repartis avec l'*Albatros* pour le monde suivant. Hamidou se penche sur l'écran comme s'il pouvait y boire l'eau du lac.

— Plus besoin d'aller aux pôles chercher de la glace ! dit-il.

— Ça ne règle pas le problème, dit Papa. Il faut y marcher, escalader cette muraille, puiser l'eau, revenir par le même chemin… impossible en un jour !

La discussion a attiré les dépressifs qui désherbaient les carrés de légumes du Théâtre. Marisol, surtout, a bien du mal à se contenter de sa ration d'eau. Je cherche Paruline des yeux, en vain.

Papa dit souvent que c'est impossible d'avoir une conversation à plus de quatre personnes. Bref, chacun y allait de son idée, et Olivia ne pouvait plus placer un mot. Ce tintamarre plairait sans doute à Junco.

La bonne chose, c'est qu'ils ont oublié ma présence. Je peux m'éclipser.

La moins bonne chose, c'est que je ne trouve pas Paruline. Ça me chicote un peu, car elle n'avait pas l'air contente quand sa mère l'a aidée à sortir de la nacelle. Je file sur la scène et frappe à la porte de sa loge. Pas de réponse.

En me retournant, je vois, au-delà des gens qui discutent, une silhouette filiforme qui s'éloigne à grandes enjambées vers les voyageurs immobiles.

* * *

Les voyageurs du temps ont l'air d'un gros panier-cadeau sous une pellicule de plastique. La pellicule est facile à fabriquer mais fragile, mince comme le celluloïd des fleurs artificielles.

Paruline marche vite ; je trottine par les avenues pour la rattraper. Sans les séances de bicyclette, cet exercice m'aurait tuée.

— Paru !

Le cri me gratte la gorge, mais la coquette presse le pas, comme si elle voulait me laisser derrière elle. Ou bien veut-elle rejoindre les voyageurs ? Olivia a dit que c'était dangereux de jouer avec le temps.

Alors je piétine le sol plus vite et je finis par attraper son poignet avant qu'elle ne traverse le cercle de baguettes fichées dans le sol qui délimitent la zone « sans problème ».

— Laisse-moi tranquille ! dit-elle, son corps penché vers les statues.

Sa voix est étrange, comme si le temps avait déjà ralenti. Ses cheveux sont emmêlés comme une touffe d'herbe jaune, ce qui ne lui ressemble pas. Je plante mes talons pour la retenir dans le temps normal.

— Mais qu'est-ce que t'as, enfin ? que je dis, en étalant au grand jour ma fine psychologie.

Alors elle se retourne.

Surprise. Le blanc de ses yeux est crevassé de veines rouges, et les taches de son ressortent davantage sur ses joues. Moi, quand je suis pompée, je deviens rouge comme une tomate de la serre. Mais dans le cas de Paruline, on dirait que la colère repousse le sang dans ses chevilles.

Et en plus, ses joues sont luisantes de larmes. Paru qui ne pleure jamais ! Elle étreint ses bras à travers sa mince blouse de teff.

— J'ai été humiliée devant tout le monde, ce n'est pas rien ! (Elle tape d'un pied sur le sol durci.) Maintenant, on va me voir comme une pleurnicheuse !

Sa douleur me frappe comme un coup de poing.

Je ne m'entends pas toujours avec la coquette, mais on se tient souvent ensemble, et pas seulement parce qu'elle me refile ses desserts. Peut-être, justement, parce qu'on n'aime pas les mêmes choses, donc pas de concurrence entre nous.

Je fais encore appel à ma fine psychologie pour la consoler.

— Mais enfin, crotte ! Tu ne pouvais pas savoir à l'avance que tu aurais le vertige !

En général, c'est moi qui n'aime pas aller récolter l'eau des corneilles, alors qu'elle y monte sans peur.

Paruline repousse une mèche derrière son oreille. Quand elle parle, c'est à mi-voix, comme si les voyageurs suspendus dans le temps pouvaient nous entendre.

— J'étais tellement certaine de moi, en bas. J'allais conquérir le ciel... Puis le sol s'est éloigné si vite, si haut, que mon estomac s'est retourné. J'ai compris que je ne serais jamais capable de supporter la hauteur.

Et j'ai pris sa place.

Découvrant le lac. Récoltant les compliments.

— Alors tu m'en veux ? Tu sais, j'pouvais pas savoir à l'avance qu'il y aurait un lac !

Paruline me fixe sous ses cheveux en désordre, ses yeux bleus teints en gris par l'orange du ciel. Elle ouvre la bouche, la referme, et cela ne lui ressemble pas non plus, cette timidité. Enfin, elle expulse l'air et son ressentiment en même temps.

— Peut-être que c'est mieux comme cela.

Elle fait ce sourire espiègle avec un coin relevé qui fait baver les garçons. Puis elle me montre le monticule de sable qui s'accumule contre la pellicule. Le manche d'une pelle en dépasse.

— Bon, dit-elle. Si tu m'aides à ramasser le sable, je te pardonne !

* * *

Une odeur de plastique monte de la pellicule chauffée par le soleil alors que je dégage le sable à pleines pelletées.

Deux jours après le « départ », on s'est aperçu que du sable fin transporté par le vent tombait dans la zone de temps ralenti, montant aux chevilles des voyageurs. Sans cette enveloppe produite à la hâte, Alouette et les autres seraient bien empêtrés à leur retour au temps normal !

Pendant que je m'active, Paruline marche autour de la tente transparente. Elle note les déchirures, qui seront vite réparées avec de la colle.

Un silence complet règne sous le plastique. Pas de respiration, pas de petit froissement de linge, rien. Si je me tenais à l'intérieur de cet enclos, je gage que je ne sentirais aucune odeur corporelle non plus...

Ma pelle touche une bande de ciment frais, coulé en anneau. Une ligne grumeleuse jaune pâle lie la pellicule de plastique au ciment. La glu a une odeur aigre qui froisse les narines. Les voyageurs ont de la chance de ne pas respirer trop souvent !

Je m'arrête et me penche.

À travers la forêt de jambes, j'entrevois le machin, aussi blanc et brillant que le premier jour. Je crois Alouette quand elle a dit qu'elle ne voyait pas son ombre sur la surface. J'imagine que la toupie brille naturellement, comme les lucioles sur la vieille Terre ou un métal radioactif.

(J'espère que ce n'est pas radioactif, sinon on est foutus. Je sais tout ou presque des ravages des armes atomiques, des brûlures ou des cancers causés par les radiations. C'est un réflexe, je prévois toujours le pire.)

Je fais le tour de l'enclos pour voir le profil d'Alouette. Les coins de ses lèvres tirent vers le bas. Je gage qu'elle est en train de se demander si ça va fonctionner. Elle doit encore digérer le somptueux repas pris avant de s'embarquer.

Maman et les aides n'avaient pas lésiné sur les mets, avec des sauces riches en huile et un peu de sirop sucré pour adoucir leur départ. Je voulais parler à Alouette au cours de ce repas, mais tout le monde l'accaparait, surtout Cormoran, qui s'était entiché d'elle. Alouette était devenue populaire depuis la découverte de l'artéfact et les risques qu'elle avait pris pour sauver Pétrel.

Mon exploit est loin d'être équivalent. Je n'ai fait qu'embarquer dans une nacelle et regarder le paysage. Quel héroïsme !

Non, je ne veux pas être populaire, je préfère avoir la paix.

D'ailleurs, je crois que c'est une des choses que j'ai le plus appréciées, seule là-haut. Le silence.

Et maintenant, dans ce silence habité par le frottement des pantalons de Paruline qui se déplace, je murmure tout bas ces mots qui me rendent si fière.

— J'ai trouvé de l'eau.

20

Dispute

Quand Paru et moi revenons vers le Théâtre, des éclats de voix attirent notre attention vers le milieu de la scène.

William fixe le plancher de ciment à ses pieds. Le grand Robert, son sonivid argenté dans une main, tranche l'air avec l'autre alors qu'il lance au pelucheur un feu roulant d'insultes. Marisol, assise jambes croisées sur le banc central, leur tourne le dos.

Au lieu de prendre la passerelle du centre, Paru et moi bifurquons vers le côté jardin. Le coin du bunker empêche les gens sur scène de voir Paru sauter dans la fosse et se hisser sans bruit sur le plancher de la cuisine. Je la suis, avec moins de grâce. Nous nous accroupissons derrière le comptoir, nos têtes à peine visibles entre les piles de chaudrons. Ainsi, nous sommes aux premières loges pour écouter notre chef qui arrose le plucheur de gros mots (ça, il en a plus que de l'eau).

Je retiens de cette douche vocale que, pendant qu'on s'énervait autour du ballon (qui a été amarré au sol pour le protéger des vents du soir), William est retourné sur la scène où Marisol est habituellement assise. Or, presque tout le monde était encore près du ballon. Même Jean…

Donc, le peloteur se serait arrêté trop près de Marisol… et Robert, pressé de retourner à son bureau, l'aurait surpris la main sur l'épaule de la femme. Et personne d'autre à proximité ! Pour lui, c'est clair que « l'occasion a fait le larron ».

Évidemment, le peloteur balbutie qu'il s'était juste appuyé sur le dossier pour s'accroupir et examiner un carré de carottes. Il n'est pas très convaincant. Peut-être que notre chef était placé dans un mauvais angle. Marisol, perdue dans ses souvenirs, ignore complètement le vociférant et l'accusé. Elle chantonne à mi-voix une berceuse.

Sa fausse couche, juste après le départ de son mari avec l'*Albatros*, n'a pas aidé.

Le grand Robert avance d'un pas vers William, qui recule sans regarder derrière lui. Son pied heurte le muret de ciment et il tombe assis au milieu de la dentelle des feuilles de carottes. Notre chef l'aurait étranglé si une voix ne l'avait arrêté.

— Robert, attends !

Papa, qui vient d'emprunter la passerelle, son large front rouge d'avoir couru, se dresse devant Robert, paumes levées en signe de nous-venons-en-paix.

Mais notre chef est comme une bonbonne trop remplie pour laisser entrer la voix de la raison.

— Mêle-toi de tes affaires !

Paru et moi, on se fait petites derrière le comptoir.

— Écoute, il faut lui laisser le « bénéfice du doute »..., commence Papa.

— Des doutes ! Quels doutes ?

À ce moment, Jean boitille sur la passerelle, aidé par Binti.

— Qu'est-ce que cette raclure d'ongle a encore fait ? siffle-t-elle.

Celle-ci n'aime pas du tout William, qu'elle tient pour responsable de l'accident de son mari. Jean pousse un soupir résigné. Il clopine et se laisse tomber sur le banc. Celui-ci est assez long pour trois personnes, mais Marisol se tasse par instinct.

— Robert, commence-t-il, il ne…

Sa protestation se perd dans une nouvelle douche d'insultes colorées. Papa a beau répéter que « personne n'était présent au moment des faits », il n'a pas assez de poumons pour contrer Robert qui a les nerfs à vif.

— Vraiment, toi, tu défendrais un Jacques Le Ventru !

Oh là là ! Ce nom des drames historiques bondit dans ma mémoire, un meurtrier assoiffé de sang dont le nom exact s'est perdu. Alors que notre grand chef vocifère, le peloteur lève les bras au plafond, excédé.

— Puisque vous me voyez comme ce monstre, je n'ai qu'à m'en aller ! dit-il d'une voix grinçante.

Les pieds de William font vibrer le métal de la passerelle qu'il traverse.

— Bon débarras, marmonne Binti dans son dos.

Je ne sais pas pour Paruline, qui tremble à côté de moi, mais j'ai moi aussi envie de crier « bon débarras ».

21

Rêves de piscine

On a repris nos tâches.

William ne s'est pas présenté au dîner. Je me demande s'il a vraiment l'intention de rester dehors. (Évidemment, tout le monde a émis son opinion, sauf Olivia. Paruline a raconté l'altercation aux garçons à leur retour de corvée ; Junco et Moineau ont opté pour le « bon débarras ».)

Un peu après le premier appel du Rideau, notre groupe se pelotonne près du côté cour, là où le mur et le Rideau se rejoignent. On a toujours du temps libre entre le premier et le deuxième appel. Toujours pas de pelucheur en vue.

Le lac lointain nous obsède.

Selon Cormoran, on n'en sait pas grand-chose, sinon qu'il n'était pas là cinq ans plus tôt, quand le satellite de « cartographie » a fait son dernier passage.

— Je me demande si la création de ce lac n'a pas empiré la sécheresse de notre vallée, demande Paruline. Depuis qu'il ne pleut plus…

— Peut-être qu'un tremblement de terre a bloqué la rivière ? que je propose.

— Non, dit Cormoran. On n'a pas eu de séisme récent, à part peut-être…

Ses yeux gris se font brumeux, alors qu'il fixe un point au bout de la scène. Je pourrais entendre le pop ! d'une idée qui germe dans sa tête. Mais elle a déjà germé dans la mienne. C'est peut-être l'air frais et vif en hauteur qui m'a allumé le cerveau.

— Une météorite qui aurait brisé une montagne ?

Sur les cartes, la source de la rivière se perd dans un grand éboulis, sous la palissade.

— Mais alors, tous les ruisseaux qui alimentent la rivière auraient été bloqués d'un coup, non ? dit Paruline.

Cormoran la regarde avec un air étonné. Des fois, Paru a des éclairs de génie.

— Tu as raison, la sécheresse a été un processus graduel, dit-il en chuintant un peu sur le mot « processus ».

Mon pessimisme revient comme un vieil ami bougonneur. Cette planète ne veut pas de nous, c'est clair, et elle fait tout pour nous pousser à décamper.

Mais voilà, Sérail, on ne peut pas décamper. Où irait-on ?

* * *

Moineau, qui nous écoutait, appuyé contre la colonne qui contient le Rideau enroulé, pousse un ricanement.

— Fausse alerte, les gars !

Il montre de l'index une silhouette qui franchit la passerelle. Le pelucheur marche directement vers sa loge, tête basse, ignorant les regards acides lancés par les adultes déjà rentrés. Il referme la mince porte avec force pour qu'on entende le vlan !

On passe à un autre sujet. Le lac.

— De l'eau, beaucoup d'eau, tu imagines ? demande l'Aiglon, ses bras entourant ses genoux.

En l'absence de Pétrel et de Junco (qui a été mis à contribution pour la bicyclette), il sort parfois de son silence.

— On pourrait se faire une piscine, dit-il. Avec un moule en béton.

Moineau hausse les épaules.

— Et t'irais escalader la muraille avec un bidon su'le dos pour chercher cette eau ? demande-t-il, d'un ton moqueur.

— Même en supposant que tu ne dégringoles pas de là-haut, dit Paruline, t'aurais pas le temps de revenir.

— Et si tu y parvenais, dit Cormoran, l'eau dans la piscine s'évaporerait, nuit après nuit !

La basse pression est comme une sirène qui appelle les « molécules » de l'eau à se détacher les unes des autres et à s'envoler.

— On pourrait étendre une toile par-dessus, le soir, dit l'Aiglon, croisant ses doigts par-dessus ses cheveux roux.

Sa voix se dégonfle comme un ballon percé. D'ailleurs, c'est énorme, qu'il ait parlé autant.

— Bah, dit Paruline d'un ton adouci, on trouvera bien une solution. Imagine la tête d'Alouette quand elle trouvera une piscine ici !

Les yeux de Paruline brillent. Toutes les traces de sa colère se sont effacées. Je l'aime mieux comme cela.

— Ouais, eh bien, elle ne resterait pas propre longtemps, cette eau, dit Moineau.

— Les piscines avaient un filtre pour garder l'eau propre, dit Paruline, forte de ses plongées dans les archives.

— Comme les filtres du bunker ? demande l'Aiglon, juste comme le deuxième appel du Rideau sonne. On pourrait en fabriquer un.

On est tous assez excités par l'idée pour courir au bunker (sauf Cormoran qui nous suit à la marche). On manque de bousculer le pelucheur qui se rend aux toilettes, les enfants qui se précipitent eux aussi vers le bunker avec Olivia, Marisol qui replie ses jambes sur le banc au centre et des parents fatigués qui rentrent dans leurs loges pour une sieste avant le souper.

On s'est pressés devant la vitrine des fabricants pour tirer des plans sur la comète (une expression populaire depuis que la comète en question nous fiche la paix). Moineau qui s'y connaît en filtres pense qu'un tissu fin ferait l'affaire. Junco, juché sur la bicyclette à portée de voix, a largué une plaisanterie sur ce qu'il y aurait à filtrer.

Au troisième appel du Rideau (celui qui annonce quinze minutes avant la clôture), nous avons sagement rejoint nos loges respectives.

* * *

Au souper, je rêvais encore de piscine les yeux ouverts. Le pelucheur n'est pas ressorti de sa loge pour manger. Il boude. Robert, lui, avait l'air de regretter son éclat de colère.

Après le souper et la vaisselle, Paru et moi sommes restées assises en tailleur si longtemps, à parler, que mes jambes sont raides quand j'essaie de me lever. Elle avait vu comme moi les images des drames historiques, avec des fontaines et des palais.

On parle piscine. Paruline s'anime, ses mains traçant des courbes dans l'air. Pour une fois qu'elle ne parle pas de régimes ou des filles des archives !

C'est beaucoup plus tard, au moment de ranger ce médaillon, que je m'aperçois que j'ai passé tout un après-midi et un soir sans penser aux failles du Rideau.

22

Double disparition

Même sans le sonivid, j'ai passé une bonne nuit. Alors je la prolonge.

J'écoute les grands coups de vent qui frappent le *chépasquoinium* du Rideau. Le bruissement des petits moteurs qui écartent les deux pans, les murmures ensommeillés, les pas traînants de ceux qui se dirigent vers les toilettes.

Je garde les yeux fermés contre la lumière qui inonde le Théâtre. Je patauge encore dans la gloire du paysage que j'ai vu la veille.

Une fois le Rideau ouvert, l'air frais disperse l'odeur de renfermé, apportant une odeur minérale de sable. J'entends le frottement de la passerelle qu'on déploie au-dessus de la fosse.

Le toc ! toc ! d'une canne, celle de Cormoran, passe devant notre loge. Comme le frère et la sœur d'Alouette dorment au bunker avec les Radisson, Cormoran occupe leur loge vide.

Je savoure ces minutes de repos malgré le tintement de la vaisselle dans le coin cuisine. Ma mère tranche, coupe, met de l'eau à bouillir pour le gruau du déjeuner. Je suis supposée l'aider, une première corvée qui sera suivie de bien d'autres.

Je ferme les yeux et me vautre dans le lit, trouvez les synonymes qui vous plaisent : encore une minute, une petite minute à ne rien faire, un luxe ici...

Puis il n'y a plus de minutes, car un grand cri secoue le Théâtre. Poussé par la voix râpeuse de notre chef bien-aimé.

— Puits de pétroooole !

C'est comme si ce cri avait pressé le bouton *on/off* de mon corps.

Je dégringole de mon lit pieds nus, pleinement réveillée. Notre loge est au centre du Théâtre, donc je n'ai pas à courir loin pour traverser la passerelle. Je rejoins, sur le gazon jaune de la cour, mon père, le grand Robert et Jean. Ils se tiennent immobiles, visages tournés vers le ciel orange.

Je lève les yeux à mon tour. Il manque quelque chose, mais quoi ? Un bruissement de murmures inquiets monte dans mon dos. Puis mon cerveau allume. La poire qui s'élevait bien au-dessus des murs des maisons a disparu.

Pas de ballon. Crotte, on avait tellement travaillé dessus !

* * *

Je me précipite vers les fondations qui ont servi de port d'attache au ballon. Un spaghetti luisant couvre le gros bloc d'ancrage. Le filin a tenu je ne sais combien de temps, avant de claquer à son tour.

— Le vent du soir a emporté le ballon vers la mer, dit Papa, son front couvert d'un labyrinthe de plis.

Là je suis tellement révoltée que mon cerveau met toute la sauce pour comprendre ce qui est arrivé. Les trois cordes qui amarraient la nacelle traînent au sol, leurs autres bouts fixés aux fondations. Ça ne peut pas être le vent qui a les dénouées.

Les voix excitées des adultes raisonnent par le même chemin. Je vois, comme dans un drame du sonivid, une personne sans visage enjamber la nacelle, en détacher les guides, un à un…

Ça n'a pu se faire qu'après la clôture du Rideau. L'excitation de notre découverte du lac a perturbé la routine, encore. Pourtant, Papa a bel et bien noté les présences après le deuxième appel hier soir. Personne ne manquait…

Qui a décidé de s'envoler? En plus, seules Paru et moi sommes assez légères. Un enfant téméraire, comme Pinson, aurait-il pu déjouer la surveillance des adultes? Mais non, il vient de bondir hors du Théâtre.

Comme je regardais ailleurs, mes pieds s'emmêlent dans un amas de fils-légers-mais-solides et je plonge dedans. Je me relève très vite avant qu'une bonne âme me demande si je suis blessée ou, pire, de démêler ces nœuds de fils.

J'ai oublié qu'il y a au moins deux kilomètres de ce fil léger-mais-solide, avec le crochet, pour garder le ballon en position.

Et j'allume (en même temps que Papa qui se tape le front). Le poids de ce fil, qui devait garder le ballon captif, soustrait de celui du ballon-nacelle, a permis à un adulte plus lourd que moi de prendre place et de filer.

Quelle parfaite sortie de scène pour un dépressif !

Qui manquait au souper ? Je fouille ma mémoire. M. Meadows ? Pierrette ? Marisol ? Non, je me rappelle les avoir servis.

Et je les vois d'ici, errant parmi les fondations. M. Meadows s'éloigne avec son bidon d'eau presque vide qu'il va gaspiller pour ses tulipes. Marisol le suit, parce qu'elle espère en avoir un peu. Elle va l'asticoter pour une gorgée, et lui va perdre patience.

J'entends des sanglots étouffés. Olivia pleure sur l'épaule de son mari. On dirait que c'est son bébé qu'elle a perdu.

D'une certaine façon, c'est vrai. Et ses « pourquoi ? pourquoi ? » me rappellent ses cris quand elle avait cru Pétrel mort. Normalement, Robert Radisson jetterait des ordres et ferait un appel de présences, mais il est trop occupé.

Papa ne vaut guère mieux. Il s'était opposé à l'idée du ballon. Maintenant, sourcils froncés et front plissé, il mesure ce gaspillage de précieuses ressources.

— Ce n'est pas comme si les fabricants pouvaient en refaire un autre demain !

* * *

Maman et moi servons les portions de gruau comme s'il ne s'était rien passé. Moi, je cherche la pièce de puzzle qui manque dans la file de gens près des tables. Quel nouveau nom va-t-on devoir inscrire sur une pierre tombale ?

Mon œil tombe sur la porte fermée d'une loge. Et, d'un coup, je sais qui manque à l'appel. Je le revois près du banc central, son regard au sol… Je pars l'annoncer à notre grand chef qui tapote le dos d'Olivia. Sauf que la petite Mara sort de la file, en tirant la main de sa mère Loren. Une inquiétude palpable froisse son petit visage.

— Paa-paa ! Paa-paa !

Comme William, séparé de Loren, dormait seul dans la loge, personne ne s'est aperçu de son absence. Il était assez malin pour éliminer le poids de la corde.

Alors il s'est envolé, pour ne plus subir nos regards.

Aux tables, tous se regardent. Quelqu'un dans mon dos murmure : « Bon débarras. »

23

Colère

Drame ou pas, je suis de corvée de « bouette » dans le lit sec de la rivière, du côté de l'éventail de sable. J'enfonce la pelle dans la croûte sèche pour extraire la glaise molle dessous. Forcer sur le manche me défoule, car des sentiments violents se battent en moi.

La colère noire, noire, à cause du ballon perdu.

La tristesse, parce que la petite Mara ne comprend pas où est son père, et on n'aura pas de corps. Loren a négligé ses tâches pour consoler sa fille. Ses sentiments à elle ne sont pas clairs et Tamarine-la-si-fine n'est plus là pour les démêler.

Moi, à la place de Loren, j'aurais aussi dit « bon débarras » !

C'est souvent la solution dans les drames : le mauvais meurt à la fin et les héros peuvent vivre en paix. Soit il se suicide par regret, soit il rate son plan de vengeance machiavélique et se tue à cause d'un détail oublié. J'adore ces drames juteux remplis de « justice poétique », un autre bijou tiré du coffre à mots de Paruline.

Par contre, je ne trouve rien de poétique à cette fuite de William. Il ne peluchera plus jamais personne, certes, mais son égoïsme nous a enlevé un moyen d'exploration. Ça, c'est plus difficile à pardonner.

J'abats le dos de ma pelle de toutes mes forces dans la couche de boue. Ça produit un plaf ! satisfaisant qui projette plein de gouttes à la ronde.

— Eh, la Rose piquante, tu pourrais faire attention !

Junco, son dos brun plein de muscles en V, s'est redressé.

Je gratte mes fonds de tiroirs de cerveau pour lui asséner une méga-insulte. Je ne manque pas de munitions et, avec Junco, ce n'est même pas du jeu ! J'ouvre la bouche pour relâcher une salve bien épineuse, quand...

Il y a comme la main invisible de Tamarine qui me tape sur l'épaule. Je revois le père de Junco dans une flaque de boue, sans réaction. Puis, plus tard, boitillant, ses gestes devenus maladroits, hésitants. Tout ça défile en un éclair dans ma tête, et ma réplique acérée vire en un bruit de gorge mi-excuse, mi-agacement.

Junco recommence à pelleter avec vigueur. À ce rythme, il aura tôt fait de remplir sa brouette. Et c'est lui qui va la pousser jusqu'aux terrasses de cultures. Junco est assez grand et fort pour faire les tâches des adultes, sauf que dans sa tête, il est encore adolescent.

Le vent d'après-midi se lève, frappant le film de sueur sur mes joues. Je me redresse pour reposer mon dos où un tas de petits muscles me font souffrir.

Je scrute le paysage, une main levée pour protéger mes yeux du soleil. La tête fracturée du mont de l'Érable se découpe sur l'orange du ciel. Si je regarde vers le sud, le trait pâle de la rivière asséchée grimpe entre les monts de l'Ours et du Chat en un zigzag tassé par la perspective.

Le zigzag pâle se divise en deux autres, qui disparaissent dans les replis du paysage. Si je n'avais vu ce lac, et si le sonivid ne l'avait enregistré, j'aurais peine à y croire. Papa espère que les pluies reviendront après cet interminable été, mais il n'est pas certain.

Un rayon de soleil se faufile entre mes doigts et me fait grimacer.

— Alors tu as hâte qu'on ait une piscine ?

Junco s'est appuyé sur sa pelle et me regarde. J'avoue que l'idée de m'immerger dans l'eau de la rivière et de sentir mon poids et la crasse s'envoler me plaît.

— Tu parles ! Si on pouvait creuser un trou dans cette palissade, pour que l'eau du lac s'y écoule…

C'est à son tour de grimacer en regardant le zigzag de la rivière à sec.

— Ouais. Mais pas question que je creuse à la pelle ! Ça prend des explosifs et là, badaboum !

Il joint le geste à la parole en frappant du plat de sa pelle, qui m'éclabousse. Je suis sur le point de lui servir une insulte tout aussi explosive quand le premier appel du Rideau retentit.

Ça coupe court aux récoltes d'eau des corneilles. Au loin, les gars dévalent le sentier du mont du Chat, Moineau tirant les poignées du chariot. Les bidons dansent, beaucoup sont vides. L'Aiglon court à sa suite, il fait des bonds pour éviter les pierres délogées par les roues. D'un coup, il perd pied, mais s'accroche au chariot, ce qui fait râler Moineau. La vallée répercute son ras-le-bol.

— Hé, le Glon, je vais pas te traîner !

L'Aiglon, comme d'habitude, ne répond rien. Je pense que personne n'est vraiment habitué à cette nouvelle heure d'appel.

24

Surprise au crépuscule

Les longues jambes de Junco ont vite fait de me distancer sur le sentier de retour qui contourne le pied de l'Éventail. Je « brette » un peu, frottant mes mains l'une contre l'autre pour me débarrasser de la boue.

Le vent *adiachose* qui souffle doucement dans mon dos me soulage de l'oppressante chaleur. Au crépuscule, il va changer d'humeur et nous râcler la peau et les vêtements avec les grains de sable qu'il charrie.

Par réflexe, je scrute la passe au sommet de l'Éventail. Un voile de sable poudreux s'écoule du désert.

Je détecte un mouvement sous cette poudre. Une tache se meut, trébuche, boitille dans la pente raide des éboulis. Je suis trop loin pour voir de qui il s'agit. Les vêtements ont perdu leurs couleurs et ont pris celle du sable.

Personne n'est censé se promener là-haut depuis l'aventure de Paloma qui s'est terminée comme on le sait. Le grand Robert a lui aussi failli y laisser sa peau en ramenant la toupie (et il a eu une sacrée chance que le machin n'ait pas ralenti le temps pendant qu'il le trimbalait). Depuis, c'est in-ter-dic-tion totale.

Quel idiot est allé se promener dans le désert ?

* * *

Un idiot qui n'a pas toute sa tête. C'est la première réponse qui me vient à l'esprit. Voilà, ça devait arriver un jour : quelqu'un a omis de surveiller les dépressifs cet après-midi. L'un d'eux a filé. Pierrette ? M. Meadows qui abandonne ses tulipes pour de bon ? Ça doit faire longtemps, car cet adulte s'est rendu à la moitié de l'Éventail !

D'un coup, il titube et chute sur la pente raide. Son corps roule deux ou trois fois, puis s'immobilise, pieds vers le haut. Un truc qu'il tenait dégringole joyeusement sans s'arrêter. Il ou elle ne se relève pas.

Je lance un « hé ! » vers Junco. Par chance, il se trouve à portée de voix.

— Quoi ?

Je tends un bras vers la pente.

— Y'a quelqu'un, là-haut !

Junco plisse les yeux. L'instant d'après, il gravit à grandes enjambées la pente de l'Éventail.

Il a de la fibre de héros, ce Junco. Pas moi, mais je le suis quand même, ce qui m'étonne. D'habitude, je laisse les autres s'époumoner.

* * *

J'avais dit à Alouette et Rubu que jamais, au grand jamais, je ne me tuerais à grimper cette pente raide. Et j'avais raison. Gravir l'Éventail est aussi pénible que dans mes pires cauchemars.

Remuer des pelletées de glaise n'est rien à côté de cet exercice ! Chaque pas vers le haut est une torture.

De un : mes pieds s'enfoncent dans le sable qui veut rouler vers le bas. Pas étonnant que gravir l'Éventail prenne un temps fou !

Et de deux : je me prends en pleine face la poussière et les cailloux délogés par Junco, son dos nu plein de muscles saillants loin au-dessus de moi.

Donc, minute après minute, je progresse, une main devant mes yeux, les genoux en feu. Ce qui fait que je ne vois pas tout de suite qui Junco est en train de soulever par les aisselles, sauf que des taches sombres (du sang?) maculent ses vêtements. Mais son exclamation « mille merdes ! » résonne loin.

En voilà une façon de gronder un dépressif !

Pourtant, Junco connaît comme moi les instructions pour ramener un dépressif qui tente de se sauver. Tamarine-la-si-fine les avait assez répétées pour que je m'en souvienne. « Du doigté ! » disait-elle. Il faut le ou la traiter aux petits oignons, lui apporter de bonnes rations (mais pas trop, sinon ça aurait l'air d'une récompense pour sa fugue), surveiller ses allées et venues dans le Théâtre...

Le deuxième signal d'après-midi résonne dans mon dos.

Junco dévale, me faisant cadeau d'une autre volée de poussières et de cailloux. Bonjour l'érosion ! Ça ne lui prend que dix prudentes foulées (il ne veut pas se casser la figure) pour me rejoindre. Il a drapé le corps comme une cape qui traîne à terre, le tenant par les mains.

— Aide-moi, dit-il. Il faut se grouiller !

Là, je déteste recevoir des ordres, mais l'urgence est bonne conseillère. En prenant la moitié de la charge, je constate deux choses.

Que c'est un homme, plus grand que M. Meadows.

Qu'il est couvert d'égratignures, le visage en sang. Quelque chose est cassé dans son bras, car ça fait un crouch ! sourd quand je le tire en travers de mes épaules (je suis plus courte que Junco).

Ses vêtements sont déchirés et parcourus par des filaments bruns, gros comme des saucisses, qui sentent la moisissure et le sel. Les vêtements, qui sont tissés des mêmes fibres de plastique et de teff que presque tout le monde porte, ne me permettent pas de l'identifier.

Finalement, c'est quand on arrive au bas de la pente que j'aperçois le truc qui a roulé sur l'argile durcie. Une petite bonbonne d'oxygène, grosse comme mon bras, comme celles que j'ai remplies en pédalant.

Ça fait deux plus deux dans mon cerveau. Je lève les yeux vers le fardeau. Une seconde me suffit pour reconnaître, sous la couche de crasse et de sang, les traits familiers de notre peloteur.

* * *

La troisième alarme du Rideau retentit quand on passe le mur avec William qui gémit entre nous. Sa voix grince comme si un kilo de sable avait trouvé refuge dans sa gorge et ses poumons. Je ne sais pas comment il s'est retrouvé dans le désert. Et où est le ballon ?

Junco parsème notre chemin de jurons jusqu'à ce qu'il manque de salive. Nous empruntons l'avenue principale, une ligne droite qui nous sauve des pas. (Les panneaux au centre du dôme ont fini de tomber, mais il y a toujours un léger risque.)

Pendant qu'on se hâte le long de l'avenue Toronto, je continue de ne pas en revenir. S'il survit aux secousses que Junco et moi lui infligeons, notre pelucheur sera le premier être humain ayant survécu à la redoutable nuit de Sérail.

Il ne mérite pas cette gloire ! Mais hélas, les archives sont bourrées d'individus cyniques et « ratoureux » (un mot de Maman) qui ont imprimé, souvent avec le sang des autres, leur marque dans l'histoire de l'humanité.

Des cris montent du Théâtre devant nous… qui se changent en jurons quand ces personnes font deux plus deux elles aussi.

L'Aiglon et Paruline balaient la tranchée, leurs dos courbés. Rien ne doit traîner, pas même un élastique de cheveux, pour que la base du Rideau y adhère.

Je traverse la passerelle devant Junco qui traîne William, juste quand le haut-parleur déclame : « Neuf minutes avant la tombée de Rideau. »

Bah. On avait vu pire avec Alouette-la-parfaite.

Binti serre contre elle son grand garçon ruisselant de sueur, pendant qu'une grappe d'adultes se meut avec le rescapé vers la loge de Kim. J'aperçois la tête hirsute de notre chef et le foulard de Loren. Le grand Robert nous enguirlande comme si on s'était amusés en chemin au lieu de sauver un être humain.

— Roseline !

Papa accourt, son front couvert par un labyrinthe de petites rides. Je me laisse envelopper même si je n'aime pas les grandes manifestations d'affection.

« Des fois dans la vie, il faut savoir céder sur les petites choses », disait Tamarine.

25

Le prix payé

Inutile de dire que le souper qui suit cette clôture du Rideau est plutôt agité. Je remue le magma de ma soupe aux légumes avec les dômes de champignons qui surnagent, tout en écoutant les conversations.

Comment William a-t-il pu sortir sans qu'on le remarque ? Pourquoi a-t-il volé le ballon ? Voulait-il en finir ? Se venger ? Tout y passe.

Kim a examiné le pelucheur après que sa bonne âme, Loren, lui a fait boire de l'eau. Les bruits circulent aisément entre les loges. À un moment donné, j'ai entendu un crouch ! sourd et William a poussé un cri inarticulé.

Kim mange sa soupe parmi nos murmures. Il a refusé de dire quoi que ce soit, sinon que William devait se reposer dans sa loge. Une loge dont le pelucheur n'est pas près de sortir, si le gros cadenas installé sur sa porte est un indice.

Paruline me passe son dessert ce soir parce que cet événement la dégoûte.

— Non mais, tu as vu? Il vole le ballon et on s'inquiète de lui, pauvre chou!

Les gars près de moi sont du même avis. Junco serre le manche de sa fourchette comme si c'était le cou du pelucheur. Moineau se pompe lui aussi d'adrénaline.

— Ils nous surveillent comme des prisonniers, parce qu'on est jeunes!

L'Aiglon hoche la tête et gratte son bol pour ne rien perdre du potage. Il mange avec un appétit vorace, mais toutes ces calories semblent disparaître dans son estomac.

— Et lui, le sale pervers, on le traite aux petits oignons! renchérit Junco.

Un «bon débarras!» s'accroche au mot «pervers» dans ma cervelle. Pourquoi ce traitement de faveur, après les dommages qu'il a causés? À leur table en retrait, Papa, Olivia, Binti et Robert conversent, têtes rapprochées.

D'un coup, j'allume. L'exploration de Sérail a été négligée depuis la construction du Rideau. William a pu voir là-bas des choses qui pourraient nous être utiles.

* * *

Après la routine du coucher des jeunes enfants (y compris Pinson et Colibri dans l'appartement des Radisson), le conseil se réunit dans l'autre salle. D'habitude, ces réunions m'embêtent, mais là j'ai insisté pour participer vu que, sans moi (et Junco), William serait mort à cette heure.

Kim arrive en retard, ses yeux cernés, des taches brunes sur son tablier.

— Alors ? demande notre chef.

— On aimerait en savoir plus, dit Papa.

Le soignant s'assoit lourdement. Il boit une gorgée d'eau filtrée et se lance.

— Bon, dit-il. William a des contusions multiples, des coupures que j'ai désinfectées, une fracture du cubitus…

— Du quoi ? demande Robert.

— C'est un os de l'avant-bras gauche. Et il a un début de cyanose, car il a dû manquer d'oxygène à un moment donné.

— Mais il avait une bonbonne avec lui ! dis-je.

Robert se retourne, surpris.

— Tu es sûre ? Il faudra la récupérer.

Là, un détail émerge à propos de cette bonbonne, mais il s'échappe de mon cerveau d'oiseau quand Kim s'éclaircit la voix.

— Il y a autre chose, dit-il.

— Quoi ? Et quand pourra-t-on lui parler ? demande Robert, sur un ton qui veut plutôt dire : « Quand pourrai-je le secouer comme un pommier ? »

Kim a très bien compris lui aussi.

— Pas ce soir. Il était terriblement agité. J'ai dû lui donner un somnifère. Pour lui parler, ça va prendre le sonivid.

— Euh ? fait notre chef.

Un toc ! toc ! de cannes retentit. Olivia vient de coucher les petits. Elle peut entrer sans bruit, mais ses cannes lui permettent d'attirer l'attention.

— Pour quelle raison lui faut-il un sonivid ? demande-t-elle.

— Parce que la chute et la remontée brutale de pression ont fait éclater ses tympans.

J'entends des aspirations rauques et des « oh ! » de surprise. Le sens de ces paroles se révèle pour moi deux bonnes secondes après les autres.

William est devenu sourd.

26

Au petit matin

Je passe une drôle de soirée après cela. Papa m'a offert un demi-litre de sa ration d'eau pour me nettoyer. C'est hautement inhabituel, car la corvée de glaise me laisse toujours sale. Mais là, il semble de meilleure humeur.

Peut-être est-il secrètement satisfait de savoir William sourd. Une punition à la mesure de ses actes…

D'habitude, je profite de la période après le souper pour rejoindre notre bande réduite, mais ma course sur l'Éventail de sable et le roulement infernal des émotions qui a suivi me pèsent.

Mes genoux tremblent comme s'ils réagissaient en retard à cet effort. Les muscles de mes cuisses sont devenus des élastiques qui vont se casser si je les étire trop. J'ai toutes les peines du monde à me hisser sur mon lit. Mon cœur émet des potom ! potom ! désordonnés comme si je grimpais l'Everest.

* * *

J'ai à peine fermé l'œil que le matin déboule : flap ! dit le vent qui frappe le Rideau fermé.

Je rejoins Maman aux tables sur mes jambes tremblantes. Si elle s'étonne de me voir déjà levée pour l'aider, elle n'en montre rien.

Le grand Robert est debout, tourné vers le Rideau fermé. Il n'a pas bonne mine ; le jaune de ses yeux ne vient pas de la lumière ambiante. Sans doute a-t-il passé une nuit blanche, ce qui ne serait pas la première fois.

Flap ! flap ! De grands coups de vent battent les fibres de *chépasquoinium*, mais pour une fois je n'en ai cure.

— Où se trouve la bonbonne ? me demande-t-il.

Sa question me fait presque échapper l'assiette de gruau que je transportais. Bien sûr, notre chef bien-aimé souhaite récupérer ce précieux objet tombé au pied de l'Éventail !

— Pourquoi ne pas demander à Junco ou à Moineau ? que je suggère. Ils seraient enchantés d'avoir quelque chose à faire.

Il ouvre la bouche parce qu'il n'a pas l'habitude d'être contesté (sauf par Olivia). À ce moment, un vrombissement familier descend du plafond. Les grands pans du Rideau se séparent, la base suivant avec un petit retard pour former un triangle inversé. L'air vif et frais du matin entre, avec un brin de sel marin.

(C'est une illusion olfactive, parce que la vallée est à des centaines de kilomètres de la côte. Toute odeur d'algues se serait dispersée en chemin. Mais l'appel de la mer lointaine chatouille nos cerveaux.)

Quand le Rideau a fini de s'enrouler et que Junco et Moineau déploient la passerelle, le grand Robert hoche la tête.

— Vas-y donc, toi, avec Junco. Après le déjeuner. Tu sais où cette bonbonne est tombée.

Je suis nettement moins contente de cette décision, mais « les bottines doivent suivre les babines », comme le disait si drôlement Tamarine.

* * *

La glaise est grise et la bonbonne, tout aussi grise, se confond dans le décor. Cependant, nos traces imprimées la veille dans le lit durci de la rivière reconstruisent notre trajet hâtif. Il n'y a qu'à chercher autour, jusqu'à ce que le cylindre métallique nous dise coucou !

À notre retour, le Théâtre est en ébullition. La porte de la loge de William est grande ouverte. Le cadenas n'y est plus.

Tâches oubliées, tout le monde piétine les carrés de potager de la scène, ce qui afflige Hamidou qui s'en occupe. L'excitation et la colère sortent « par tous les pores », dit Paruline qui s'y connaît en soins de peau.

Le grand Robert balaie l'air de ses bras pour faire la discipline. Quand je m'approche pour lui remettre la bonbonne, il la soupèse.

— Trop légère, dit-il. Il ne doit pas rester un seul atome d'oxygène dedans !

— Où est le pelu… euh, je veux dire, William ?

Notre chef glisse la bonbonne dans une poche de sa ceinture d'outils.

— Le conseil l'interroge. On lui pose les questions par écran. Et il tape les réponses, parce que sa voix n'est pas revenue.

Oh là là, ça va prendre un temps fou !

* * *

Bon, je résume.

Les membres du conseil se sont enfermés avec William dans la salle de réunion au deuxième étage. Kim a diagnostiqué une extinction de voix en plus de la ribambelle de blessures et de la surdité. Bon. Au moins le pelucheur ne pourra plus susurrer des trucs aux filles.

Kim devait aider Hamidou à nettoyer les filtres d'eau aux serres, mais notre chef a requis sa présence, pour surveiller l'état de William. Paruline, qui a tout entendu, croit plutôt que le grand

Robert craint de voir le seul qualifié en soins médicaux risquer une blessure.

Jean ne peut pas faire la collecte d'eau ou changer les filtres. On lui a donc confié la surveillance des dépressifs, ce qui le gêne. Il aurait préféré un travail plus actif, mais il n'a pas encore retrouvé la forme.

Pendant ce temps, nous avons «vaqué» (quel beau mot suggéré par le médaillon!) à nos tâches assignées. Le compost pour moi, la collecte d'eau pour Junco et Moineau, les toilettes pour l'Aiglon, Paruline aux serres.

En fin d'après-midi, le grand Robert a pris les présences avec son sonivid (le gris, sans poignées). Fait exceptionnel, tout le monde se trouvait déjà sur la scène avant le deuxième appel du Rideau, même les adultes qui travaillaient sur les terrasses et qui sont souvent les derniers à revenir.

J'imagine que nous avions tous soif de réponses.

Cette fois, les pauvres carrés de potager ont été épargnés. Mais ça faisait pas mal de gens qui se pilaient sur les pieds, alors Olivia a demandé à tout le monde de s'assoir dans la cour devant la scène (il restait encore une bonne heure avant le dernier appel du Rideau et le compte à rebours énervant).

Notre chef nous a fait languir un peu, avant de brandir le sonivid qu'il tenait.

— William est retourné dans sa loge. Mais je vais vous lire son témoignage.

Notre abri ne s'appelle pas le Théâtre pour rien. La majorité d'entre nous pratiquent des pièces pour garder le moral et pour distraire les enfants certains soirs.

Paruline s'est assise près de moi, nos pieds touchant presque le rebord de la fosse du Rideau (mais pas question qu'on y laisse pendre nos jambes pour déposer plein de poussière).

— Ça me rappelle quand on assistait aux pièces, sous le dôme, dit-elle.

Oui, moi aussi. Avec Alouette et Paloma qui me bouchaient la vue !

Mais je n'ai pas le temps de grogner, parce qu'Olivia donne les trois coups de canne, et le grand Robert se met à lire les questions et les réponses de William.

27

Le fantastique voyage du pelucheur

(avec commentaires pertinents de Roseline Dupré)

Q. Racontez ce que vous avez fait hier soir.

W. Je suis sorti de ma loge après le deuxième appel du Rideau. Tout le monde marchait partout et s'excitait à propos du ballon, et j'ai volé une bonbonne. Je me suis glissé derrière les toilettes, puis dehors avant que le Rideau se ferme. J'ai mis des pierres au fond de la nacelle pour la retenir pendant que je détachais les trois cordes des anses. Pendant le jour, j'avais calculé qu'en enlevant le poids du filin, je pourrais m'envoler. Je suis monté à bord, avec la bonbonne pour ne pas manquer d'air. Ensuite, j'ai jeté une à une les pierres…

Q. Mais qu'est-ce qui vous a pris, bon sang de pétrole ?

(Ça, c'est notre grand chef qui n'a pas encore digéré sa colère.)

W. Je n'en pouvais plus. Jacques le Ventru a été la goutte qui a fait déborder le vase. Je regrette ce que j'ai fait et je veux réparer mes fautes, mais personne ne me pardonnera jamais et ce n'est pas certain que je n'aurai pas un jour encore envie de vous savez quoi.

(Tiens, il était plutôt prude en tapant ses réponses.)

Q. Pourquoi avez-vous volé le ballon qui nous a demandé tant de travail ?

(Là je sens que c'est Olivia qui a posé cette question.)

W. Je… je voulais voir la mer. J'en ai toujours rêvé. Et à pied, c'était impossible. Mais le vent adiabatique m'a poussé vers la vallée de l'Entonnoir.

(Ah, voilà ce mot en adia- qui m'échappait l'autre jour. C'est comme trouver un truc égaré quand on a cessé de le chercher.)

Q. Mais c'est un acte de pur égoïsme !

(Olivia est capable de se fâcher, elle aussi.)

W. J'étais furieux, je ne voyais plus clair et je voulais en finir ! Tout l'après-midi je ne pensais qu'à me venger. C'est horrible parce que j'étais si en colère que je n'ai même pas dit au revoir à Loren et Mara. Et pourtant je les adore.

(Le grand Robert a tout lu cela sans la moindre inflexion, mais je gage que si William avait eu ses cordes vocales en état, on entendrait les hoquètements, les pauses, les sanglots.)

Bon, je résume la suite, parce que les questions lues par notre chef bien-aimé sont toutes une variation de : « Et alors ? »

De toute façon, je peux me fier à mon médaillon si ma mémoire me fait défaut ou pour dicter les mots compliqués de William. J'ai une cervelle d'oiseau, mais son récit était si palpitant que mon attention est restée rivée dessus.

* * *

Au crépuscule, le ballon a été entraîné par les vents puissants. William a eu de la chance que l'enveloppe résiste aux tensions de « cisaillement » qui l'auraient déchirée. Il devait être à trois kilomètres d'altitude quand il a senti la pression baisser. Il aurait pu mourir, mais comme il suivait la masse d'air comme un bateau de papier dans un ruisseau (son expression), il n'a pas ressenti les effets « délétères » de la chute de pression.

Il respirait des bouffées d'air comprimé de la bonbonne quand il se sentait essoufflé. C'est ainsi qu'il a survécu au début de la nuit.

Quand ça a fait deux heures de vol, le crépuscule violet teintait le ciel à l'ouest. Devant lui, la vallée de l'Entonnoir s'est ouverte sur l'immense océan de Sérail. Il a dérivé au large, porté par les vents.

William a éprouvé alors un moment de pur bonheur, pas du tout pollué par le remords. Il a vu des aurores boréales vertes et roses qui se reflétaient dans l'eau et des lueurs bleues danser sous la surface.

Des masses d'algues lumineuses coloraient la mer en bleu jusqu'à l'horizon. Ces algues avaient commencé à aspirer l'air. Pas seulement l'oxygène, comme les plantes, mais tous les gaz de l'atmosphère.

La lumière des grosses lunes, les deux Pommes, a révélé le bouillonnement de la surface, qui se rapprochait. William a vite compris qu'il perdait de l'altitude. Il était arrivé à ce que les savants de l'*Albatros* ont appelé la « Bouche de la mer », une étendue de ces algues voraces grande comme un continent.

Aspiré par le flux d'air, il a descendu jusqu'à ce que la nacelle touche la surface bouillonnante. Là le ballon ne descendait plus, mais de l'eau pleine d'algues « sourdait » par les lattes au fond de la nacelle.

Puis le plastique des lattes a commencé à ramollir sous son poids, en libérant une odeur pestilentielle.

William a paniqué (ce n'est pas le mot qu'il a écrit). La nacelle s'enfonçait et il a vu sa mort en face. Il a regretté plein de choses (qu'il dit !).

Il a grimpé sur les rebords, puis s'est hissé sur l'anneau qui retenait le filet au ballon. Il a pris un bout de métal (ramassé près des fondations) et scié les cordages qui soutenaient la nacelle.

La nacelle a été engloutie, mais le poids en moins a propulsé le ballon vers le haut. Le voyageur s'est accroché de son mieux avec sa bonbonne pour ne pas être désarçonné par les vents.

Le problème, c'est que la pression de l'air baissait vite. Il a respiré de l'air comprimé, mais ses oreilles lui faisaient de plus en plus mal. Hélas, c'était ça ou la surface de la mer et ses algues voraces.

Un son atroce de scie sur métal lui a vrillé les tympans, puis il n'a plus rien entendu. Il a attendu des heures agrippé aux cordages du ballon, respirant par à-coups, tandis que la bonbonne se vidait. Il a regardé les aurores boréales, en pleurant cette fois.

Enfin, le ciel a grisonné à l'est. Les vents se sont inversés.

Là William a eu à la fois de la chance et de la malchance. Le ballon a dérivé vers l'ouest, mais il a dévié au nord de notre vallée. Le ciel pâlissant a révélé les dunes du désert. Il ne mentionne pas les « aiguilles ». Loin sur sa gauche, il a reconnu le sommet du mont de l'Érable, avec ses corneilles aux ailes écartées.

Le ballon allait être déporté trop loin. Alors il a déclenché la soupape pour relâcher le gaz léger et descendre. Arrivé assez bas, il a sauté au sommet d'une grande dune, avec la bonbonne à sa ceinture.

Le ballon, lui, a continué à raser les dunes, l'anneau de cordes soulevant des jets de sable. William l'a perdu de vue. Il s'est mis en route vers le mont de l'Érable.

Ça lui a pris la journée entière, parce que le sable ne se laisse pas gentiment marcher dessus. Quand il a atteint la passe, il a entendu l'appel du Rideau (le premier ou le deuxième, il ne savait pas). Là il délirait à fond, à cause de la soif, et il a marché, puis déboulé la pente de l'Éventail. Où je l'ai aperçu.

Et c'est là que le détail qui s'était sauvé de ma cervelle tout à l'heure me frappe.

Tout ce temps, William avait gardé la bonbonne, même si elle était vide. Parce qu'il savait que les fabricants ne pouvaient en refaire d'autres. Une mince consolation.

* * *

Évidemment, on a dépêché les plus en forme, Junco et Moineau, au sommet du mont de l'Érable avec un sonivid pour repérer le ballon perdu.

Installés au pied de la plus haute corneille (les ailes repliées des deux autres ne cachaient pas trop la vue), ils ont visionné le désert qui s'étale vers le nord-ouest. Nous, on s'est assis en rond autour d'Olivia sur le gazon jauni devant la scène. À l'œil nu, je pouvais voir les garçons minuscules se tortiller au pied des collecteurs.

Leur réponse tombe par le sonivid d'Olivia. Pas de ballon.

— Et les aiguilles ? demande-t-elle. Vous les voyez ?

Le visage de Moineau ruisselant de sueur remplit l'écran.

— Y'a plus rien là-bas ! qu'il dit, d'une voix éraillée par la soif.

Les dunes se sont-elles déplacées ? Les colonnes laissées par les habitants disparus de Sérail sont-elles rentrées sous le sable ? Dire qu'on comptait sur leur technologie avancée pour nous aider à survivre !

28

Prendre racine

Il s'est passé six jours depuis le retour de William.

Les récoltes d'eau baissent toujours («inexorablement», dit Paruline). Alors on coupe dans le luxe. Tout le monde a les cheveux gras, sales. Les fleurs qui ne se mangent pas sèchent; les toilettes puent davantage, malgré les brassées de tiges de teff qu'on jette sur les excréments. La peau de mes mains est craquelée à force de les frotter avec du sable.

Difficile de ne pas rêver au lac derrière la palissade! Je pensais que le grand Robert y aurait dépêché des gens pour l'explorer... mais le trajet demande une demi-journée et on manque de mains avec un joueur blessé, William, et son ange gardien Jean. (Et quand notre chef bien-aimé a proposé d'y aller seul, devinez qui a protesté le plus fort en agitant ses deux cannes ?)

On a tous changé de corvée. Paruline aux cuisines, Junco au compostage, Moineau aux corneilles, l'Aiglon aux fabricants pour aider Cormoran. Moi, je suis heureuse de retrouver mon boulot d'arracheuse de mauvaises herbes. Peu de gens aiment se pencher sur des herbes par cette chaleur, alors j'y passe des heures tranquilles.

Je suis bien placée pour voir William sortir de sa loge, ses joues couvertes d'une barbe pâle, son bras gauche retenu par une écharpe vivement colorée de Loren. Il ne se retourne pas quand on l'appelle.

L'autre soir, Moineau s'est amusé devant moi à le taper sur l'épaule. William a bondi avec un cri sourd, car sa voix est toujours ensablée. Une chance qu'il ne peut pas entendre nos rires.

Il a fallu s'adapter à la condition du « pauvre chou », dirait Paruline.

Non seulement il s'est pris des punitions pour son acte de désobéissance-tentative-de-suicide-vol-de-ballon, mais notre criminel maison a besoin d'assistance pour ses tâches à cause de son bras gauche cassé. Par chance, il est droitier.

Loren voulait se dévouer, mais Olivia et Maman ont jugé que la pitié seule ne pourrait pas guérir les blessures de leur relation. Surtout que Loren se sentait coupable de ne pas avoir détecté les actes pervers de son mari.

(Notre chef à tous n'a rien dit car, de un : il respecte l'opinion d'Olivia et, surtout, de deux : il a lu les écrits que des suicidés ont laissés derrière eux. Et je gage que les mots «culpabilité» et «pitié» revenaient souvent.)

Évidemment, les volontaires pour assister William ne se sont pas bousculés au portillon, car la liste des corvées est longue.

Hier, je me demandais sérieusement si je devrais m'offrir (pas en sacrifice, hein?), vu que je fais partie de ceux et celles qui lui lançaient des regards noirs. Et mes interactions récentes avec le pelucheur n'ont pas été très reluisantes.

Alors surprise! C'est Jean qui s'en est chargé. Il boitille encore, mais va mieux. Il a déniché un calepin de feuilles de plastique (ou il en a demandé un aux Radisson qui en ont toute une provision) et un crayon à mine de graphite pour que William écrive ses instructions pour les nouvelles boutures et le compostage. Jean s'assoit à ses côtés aux repas et lui passe les plats. Il va aussi l'aider à se laver, avec un bras.

Tant que Manou n'est pas revenue, c'est Junco qui se colle aux composteurs. Avant qu'il parte touiller les rebuts et les champignons-tricheurs, Jean lui remet une feuille d'instructions écrites.

Comme peu de nous écrivent à la main (sauf la parfaite et la plus-que-parfaite avant elle), le gribouillis de William est difficile à lire, les A et les O trop pareils, les T non barrés comme des L. Alors Jean repasse sur les lettres avec des traits foncés.

* * *

Accroupie, le dos arrondi devant un des jardinets, j'arrache les mauvaises herbes. Personne ne m'a disputé cette corvée dont la solitude me convient.

Étonnant comme des plantes qu'on croyait sans problème nous en donnent, quand elles s'échappent des cultures ! Les clochettes blanches devaient résister à tout, même à un ouragan de force 5, avec des racines solides, mais leur fruit s'est avéré non comestible.

Depuis qu'une graine est tombée d'une éprouvette, les clochettes ont entrepris leur lente conquête des espaces verts du Théâtre. Heureusement, une vaillante arracheuse sue sang et eau pour contrer cette invasion !

Ouais, on trouve son héroïsme là où on peut.

C'est pas comme découvrir une toupie qui joue avec le temps ou une ville créée par une autre espèce intelligente !

Je tire une autre tige de clochettes, dou-ce-ment, pour que les racines ne se cassent pas. Cette tâche simple me repose. Farfouiller parmi les plants d'oignons, trouver les clochettes, agripper la base de la tige, et tirer lentement mais sûrement. Les déposer en un tas qui ira grossir le compost.

Tiens, on dirait que j'ai pigé le gros lot !

Je tire, en vain. J'aurais dû m'occuper de ce coin bien avant ! Enfin, je n'ai pas dit mon dernier mot. Je pose un genou dans le terreau pour me donner un appui. Là j'empoigne la tige à deux mains. Et je tire fort, mon dos raide.

Victoire ! J'expose un nœud de racines poilues grosses comme des cordes. Ces égoïstes ont monopolisé le terreau en profondeur... Je plonge mes mains nues pour traquer le réseau de racines, comme les filles des archives traquaient des « pirates informatiques ».

Pas étonnant que les carottes et les pois de ce carré soient si ratatinés ! Les clochettes aspiraient tous les nutriments. Leurs racines poilues sentent les pommes de terre.

Du bout des doigts, je saisis une racine qui s'enfonce. Mon avant-bras disparaît dans la terre grumeleuse. La racine devrait se plier en rencontrant le plancher de béton, puis ramper contre les murets comme une plante oubliée dans un pot trop petit. Mon index suit la racine poilue.

Puis je tâte une fissure dans le béton.

Dans le béton qui, tout comme le mur et le Rideau, nous isole de l'atmosphère de Sérail la nuit.

* * *

Ma découverte (annoncée par un cortège de gros mots criés à pleine gorge) a semé la stupeur au Théâtre. Le grand Robert marche de long en large, ses lèvres remuant sans parler. Il a rameuté les jardiniers, Loren, Binti, Hamidou, Jean avec William.

Hamidou, consterné, projette à grands coups de pelle la terre noire hors des carrés. Les dépressifs ramassent les légumes comestibles et les jettent dans une brouette. Légumes et terre noire déménagent dans la cour. Maman et la mère de Paru ont délaissé leurs tâches pour constater les dégâts.

Car dégâts il y a, mesdames et messieurs !

Sur la scène, trois grands rectangles ont été dégagés, les murets démontés.

Sous chaque rectangle, le béton est craquelé. Cormoran, accroupi, insère une tige de métal dans le plus gros trou. La tige s'enfonce jusqu'à trois-quarts de mètre avant de frapper du béton intact. Loren verse du vinaigre sur les trous laissés par les racines, pour tuer les morceaux de plante qu'on n'a pas pu extirper.

Par chance, l'épaisseur de béton dépasse les trois mètres, une partie s'enfonçant sous le sol. Si ces racines avaient percé le béton… L'air aurait fui de plus en plus vite pendant la nuit.

Tout ce temps, alors qu'un ennemi invisible fissurait le béton sous mes pieds, je m'inquiétais d'une fuite du Rideau ! C'est ce que Paruline ou Cormoran, qui sont riches en mots, appelleraient une « triste ironie ».

Une main se pose sur mon épaule. Papa. Sa corvée de glaise a laissé une couche de boue séchée qui exagère les plis en labyrinthe de son front.

— On t'en doit une, Rose. Si tu n'avais pas découvert ces racines, on se serait réveillés un matin avec un sérieux déficit d'air.

— Ou on ne se serait jamais réveillés, dit Cormoran d'un ton lugubre.

Je le regarde, piquée. D'habitude, c'est moi, la pessimiste !

Robert promène sur nous un regard las, ses épaules arrondies par un fardeau invisible.

— Pour garder le Théâtre hermétique, il faut colmater ces fissures, et dès que possible.

Ça, c'est du ressort de Binti. Elle et Nadine (qui nous écoute mais parle peu) sont des spécialistes des fondations.

— Pour couler du béton, il faut aller chercher du sable en amont de la rivière, dit Binti.

Je montre du doigt la pointe de l'Éventail, visible au-dessus du grand mur qui jadis soutenait le dôme.

— Ben, il y en a plein qui tombe du désert !

— Ce n'est pas la bonne sorte, dit Binti.

Là elle vient de me perdre. Pour moi, du sable, c'est du sable. On frotte la vaisselle avec, on construit des châteaux avec quand on est enfant.

— Mais pourquoi aller si loin ?

Binti sort une explication compliquée avec la taille de grains, des réactions chimiques « d'hydratation », des minéraux « fissiles » (qui se cassent facilement), ou d'autres qui se dissolvent dans l'eau.

Le bon béton exige un sable avec des grains ronds et petits. Ceux qu'on foule au pied de l'Éventail sont anguleux et cassants.

— En plus, le sable du désert contient de l'arsenic qui provient des roches au nord.

Le mot « arsenic » fait ding ! dans ma tête, parce que c'est un poison populaire dans les histoires de crime.

— Il y en a beaucoup ? que je demande.

— Une faible proportion : quelques parties par million.

— Bah ! C'pas assez pour nous empoisonner, alors.

Binti me regarde.

— On dort toute la nuit dans un endroit fermé. Eh bien, cette « petite proportion » d'arsenic dans le sable s'évapore et va nous empoisonner à long terme. Et je n'ai pas mentionné le plomb, qui n'est pas meilleur pour la santé du cerveau.

Quelqu'un chuchote un « miss Tic-Tac-Toe » auquel répond un rire étouffé. Un malin, Moineau ou Junco, vient de plaisanter sur mon cerveau. Un « chut ! » d'Olivia le fait taire.

— Z'êtes de corvée pour aller en chercher demain, les gars ! dit-elle.

Bien fait pour eux !

Binti explique que du sable « n'importe-quoi » convient pour un muret, mais pour un abri hermétique et notre survie, ça prend un sable sans impureté. Les cartes montrent que des terrasses anciennes, laissées en place par l'ancêtre de la rivière qui nous a fait faux bond, pourraient contenir du sable de quartz intact.

Olivia, appuyée sur ses cannes, soupire en regardant les espaces de béton fissuré.

— Une chance que Tamarine ne voit pas ce qu'on a fait avec son travail !

Ouais, je pense moi aussi que la mère d'Alouette serait déçue.

29

La quête du sable

Paruline et moi suivons deux chariots aux bords relevés, tirés par Junco et Moineau. Les pelles, les seaux et le bidon d'eau potable s'entrechoquent au moindre à-coup.

Le chemin monte en pente vers la lointaine palissade, un sol rocailleux marqué par les sillons des pneus de véhicules dont les carcasses et les moteurs ont été recyclés. Au temps du dôme, les adultes s'offraient le luxe de longues randonnées d'exploration.

Les gars n'ont pas le cœur à plaisanter. Pour eux comme pour moi, cette expédition est une corvée. Seule Paruline semble enchantée de cette longue marche. Elle consulte souvent sa montre-bracelet, un bijou offert par sa mère sans doute pour la consoler de son épisode malheureux à bord du ballon.

De part et d'autre de notre chemin, les flancs tourmentés des montagnes montrent les mouvements de la croûte de Sérail au cours des « éons ». (J'ai emprunté cette formule poétique à Paruline.)

Les deux adultes qui nous accompagnent (rappel : ne pas laisser les ados seuls trop longtemps) portent des collations de midi et le sonivid argenté.

Le grand Robert (sans surprise, il est partout) porte en bandoulière un long sac en *jemenfousnium*. Sur un autre monde, le sac aurait contenu des skis. L'idée de glisser sur une pente enneigée m'aide à passer le temps.

À chaque demi-kilomètre, Binti s'arrête. (Le sonivid qu'elle porte lui montre où se trouvent les réserves de sable déposées par l'ancêtre de la rivière.) Elle tire une perche rouge du grand sac de Robert. Elle l'enfonce dans la terre, tourne un quart de tour, la retire. Puis elle observe le sol prisonnier dans le cylindre au bout.

Elle secoue la tête. Pas de sable. Il faut monter encore !

Je compte onze arrêts quand le visage de Binti se fend d'un large sourire après avoir retiré sa perche d'une marche d'escalier géante qu'elle appelle une « terrasse ».

— Ici ! dit-elle.

Moineau se dégage des harnais avec soulagement. Je m'assois pour reposer mes jambes en face de la vallée, d'où je peux voir la ligne grise du grand éventail de débris. On grignote les tablettes de céréales avant d'avaler une trop petite ration d'eau.

Après la bouffe, le boulot. Je pioche, mais ma pelle rebondit sur une croûte dure comme du ciment. Binti a dû se tromper. Puis j'entends un crac ! et Junco rugit.

— Je suis passé à travers !

Il brandit sa pelle pleine de grains pâles et brillants. Binti en saisit une pincée, qu'elle roule entre ses doigts.

— C'est de la bonne qualité, dit-elle.

Vite, vite, on place les chariots au bas de la « marche d'escalier » et on agrandit la tranchée de sable clair. Binti insiste pour ne pas mélanger quoi que ce soit au sable, donc il faut travailler plus lentement.

Enfoncer la pelle. Me retourner avec. Ne pas lancer le sable récolté, mais le vider délicatement dans le chariot. Recommencer.

C'est long. La sueur coule sur mon dos, sous mes bras. Le soleil tape. Le lit sec de la rivière disparaît entre des plis de terrain. La palissade nous regarde de haut. Des reflets d'eau orange dansent dans mon imagination.

Je pose ma pelle et fais quelques pas vers ce lac invisible...

— Ne t'éloigne pas ! lance le grand Robert.

Piteuse, je reviens vers la tranchée. Je soulève une poignée de ce sable qui peut nous sauver. Puis je le laisse s'échapper entre mes doigts, un geste que j'ai vu dans un tas de drames romantiques. En ce moment, je pense à la vie qui peut s'enfuir, si facilement.

* * *

Le premier appel du Rideau me prend par surprise, la pelle en main.

— On a presque fini, dit Robert. On a le temps.

Je ne suis pas si sûre. Oui, l'appel arrive plus tôt, mais le retour avec les chariots remplis devient très vite laborieux.

C'est lourd, du sable. Les garçons forcent sur le chemin rocailleux.

Alors voilà Junco qui tire son chariot hors du chemin. Il doit se dire que le lit crevassé de la rivière ira mieux pour tirer la charge. Avant que Binti ne proteste, il s'engage sur les morceaux de casse-tête.

Mauvaise idée. Les quatre roues s'enfoncent dans la glaise avec un bruit de succion gourmand.

— Ah, c'est malin ! s'écrie notre chef.

Il s'élance pour aider Junco à dégager le chariot. La glaise résiste, leurs pieds patinent et glissent. Même en s'y mettant à cinq avec Paruline, Moineau et moi, les roues s'enfoncent. Binti surveille l'opération, mains sur les genoux.

— Il faut sacrifier du sable, dit-elle.

Grimper sur le chariot, repelleter pour enlever du poids. Nos vêtements changent de couleur, mais on arrache le chariot à la boue. Paruline consulte la montre-bracelet de sa mère.

— On va manquer de temps ! dit-elle.

Je distingue très bien notre tranchée, une griffure blanche de sable qui s'écoule. Mais notre chef s'entête, un bras tendu vers la portion de Théâtre visible depuis notre position.

— Encore un effort ! dit-il. Si on se grouille, on pourra réparer la scène ce soir !

Binti prend rarement la parole au conseil. Mais là, elle se dresse sur ses ergots (une expression de Maman).

— Si on traîne cette charge, on va manquer la tombée de Rideau ! dit-elle. Il nous reste tout juste le temps de rentrer en marche rapide.

Le regard du chef survole le lit de la rivière et l'Éventail qui déborde dessus.

— On peut envoyer les jeunes au-devant et…

Binti jette à terre son grand sac, avec un vacarme de tiges de métal qui se cognent. Elle se plante en travers poings sur les hanches. Les tresses qui courent sur son crâne ondulent sur ses épaules comme des cordes.

— Non, dit-elle. On laisse tout ici. On reviendra demain !

Le grand Robert aspire pour rouspéter, puis se tourne vers la palissade qui domine le paysage. Est-ce qu'il pense au lac, derrière ? Non, il regarde la griffure de sable blanc.

— Ce n'est pas comme si quelqu'un allait voler notre sable pendant la nuit, hein ? dis-je.

Là Binti et Paruline pouffent, leurs rires se répercutant en échos.

* * *

Je n'aime pas courir, mais la pente qui descend me donne un coup de main. (Enfin c'est une image.) Ces minutes me vident. Mon cœur lance des potom ! potom ! à l'univers.

Paruline, elle, saute comme une gazelle des archives. Binti et notre chef ahanent plus loin devant. Moineau s'amuse à faire la course avec Junco. Ah, ces deux-là n'ont rien à envier à cette tête brûlée de Pétrel !

Le deuxième appel du Rideau nous surprend quand nous contournons la base de l'Éventail qui déborde par-dessus le lit de la rivière. Personne ne parle parce qu'on est tous essoufflés.

Et le terrain est glissant.

Je me souviens de la silhouette minuscule de Daniel-le-danseur, trop loin, alors que Tamarine avait retardé la clôture du Rideau pour lui donner une chance… et de la tempête de sanglots quand la barrière hermétique s'était refermée, les vents hurlants couvrant les cris du malheureux. Les coups sourds frappés contre la paroi souple du Rideau sont restés longtemps dans mes cauchemars. (Robert et deux autres avaient récupéré le corps. Je n'ai rien vu parce qu'il avait ordonné à tout le monde de rester dans leurs loges.)

Ce ne sont pas des pensées qui aident à courir droit. Je patine soudain et m'étale à plat ventre sur l'argile craquelée.

Je repousse le sol. Mes doigts s'enfoncent dans la glaise. Et, d'un coup, la peur d'être laissée en arrière, de rater la tombée de Rideau, me paralyse…

Deux mains se glissent sous mes aisselles gluantes et me soulèvent debout. Je fixe encore mes dix trous dans la glaise quand une main fine attrape mon poignet et me tire. C'est incroyable comme elle a de la poigne pour sa stature de brin d'herbe, Paru.

Je galope, je cours, je vole.

Et ma peur s'envole aussi, parce que je ne suis plus seule.

* * *

On rentre sous le Rideau avec un bon quart d'heure avant le troisième appel. Olivia est assise bras croisés au milieu de la scène, ses cannes appuyées contre le banc.

— Un jour de plus ne nous aurait pas tués ! dit-elle.

C'est toujours marrant de voir leurs interactions, parce qu'Olivia a souvent raison, et notre grand chef sait que c'est un peu son entêtement qui nous a retardés.

Plus tard, après le souper, le lavage de vaisselle et les ablutions, je repense à la palissade. Couchée sur le dos dans mon lit, je laisse dériver mon regard vers les poutres qui soutiennent le toit du Théâtre. Soudain, une idée folle déboule du plafond.

Il faut que j'en parle à Paru avant de l'oublier.

30

Opération piscine

Le lendemain, notre quatuor est chargé de ramener le sable abandonné à mi-chemin. On se met en route vers la palissade, mais sans les adultes, parce qu'on manque de bras. Paru a attaché ses longs cheveux en un chignon serré pour ne pas les avoir devant les yeux.

De belles draperies de nuages s'étirent haut dans le ciel. Le temps est sec. Très sec, même, et mon palais se colle à ma langue. Heureusement que nous avons des gourdes d'eau.

— La déshydratation vous guette, a dit Maman avant notre départ.

Enfin, sans avoir à traîner les chariots, on arrive au site avec une bonne heure d'avance. Le grand sac en *jemenfousnium* qui contient les pelles et les perches de forage y repose. Binti, occupée à convaincre notre chef à tous de laisser la récolte de sable sur place, ne l'avait pas ramassé la veille. Je jette un coup d'œil que j'espère complice à Paruline.

— Attendez-nous, les gars, dit-elle. Nous, on va vérifier quelque chose en haut.

Elle leur montre le sommet inégal de la palissade qui se découpe contre le ciel orange. Junco abrite ses yeux.

— N'allez pas trop loin, les filles, dit ce dernier. Si on ne revient pas ensemble....

Comme si Paru et moi n'avions pas de tête ! Elle tape sa montre-bracelet pour indiquer qu'elle a l'heure.

— On pourrait monter avec vous, dit Moineau.

Je soupèse la proposition, mais Paruline montre les chariots, leurs roues couvertes de boue séchée.

— Vous allez déjà forcer comme des bêtes pour tirer ce sable ! Il vaut mieux que vous ne vous fatiguiez pas davantage. Vous avez vu tout le mal qu'on s'est donné hier ?

Les gars ne sont pas convaincus. Paru ne se laisse pas démonter.

— Et puis, si nous sommes fatiguées au retour, on pourra s'assoir dans vos charrettes !

Junco lève les yeux au ciel.

— Aaah, Paru, t'es vraiment excessive !

Mais l'idée de démontrer de la galanterie ne lui déplaît pas.

— Ben pourquoi vous prenez une pelle ? demande Moineau.

— C'est pour vérifier une autre chose, dit Paru.

Junco se couche sur le sable d'un chariot, juste assez long pour sa charpente.

— Bah, eh bien, ne traînez pas, dit-il.

* * *

Seize minutes plus tard selon la montre de Paru, elle et moi dépassons la griffure dans la terrasse de « bon » sable. Puis on remonte le lit sec de la rivière vers la fissure dans la palissade, en ignorant les « tributaires » (quel mot bizarre). Ce sont des ruisseaux marqués par des roches arrondies par l'eau qui y coulait vite.

C'est drôle ce que l'amour-propre blessé nous fait faire. Paru est embarquée dans mon «opération piscine» sans sa réserve habituelle. Elle veut se racheter.

Et moi aussi, d'une certaine façon.

Plus haut et plus loin, le lit crevassé disparaît sous un tas de roches. C'est l'éboulis de roches en désordre au pied de la palissade. On dirait qu'un enfant mal élevé a jeté pêle-mêle des blocs qui se sont cassés. C'est moins pénible à gravir que l'Éventail de sable, mais il faut sauter par-dessus les vides entre les blocs.

Paruline bondit d'une roche à l'autre avec sa pelle. Deux mois plus tôt, cet exercice m'aurait mise à terre. Là je presse le pas parce que j'ai hâte de savoir ce qu'on va y trouver.

Un peu trop hâte.

Je manque un saut et me rattrape à quatre pattes sur une moitié de roche brun rouille. Essoufflée, je me retourne. Les gars sont deux figurines à peine distinctes des chariots. Les replis de terrain se sont aplatis, et notre œil peut suivre le parcours de la rivière jusqu'à l'Éventail. Jamais je n'ai grimpé aussi haut, à pied.

Un vertige m'agrippe par l'estomac. Je m'assois pour reposer mes jambes.

— Il faut s'arrêter un moment, dit Paruline.

Elle s'assoit sur l'autre moitié de la roche couleur de rouille, en faisant attention à l'arête tranchante qui pourrait abîmer ses pantalons. Son chignon est en train de se défaire, avec des mèches blondes qui dévalent son dos. Mais elle n'en a cure, ce qui est hautement inhabituel chez elle.

Comme elle, je laisse pendre mes jambes, apprivoisant ce paysage. La vue va si loin que j'aperçois le toit et les plaques solaires du Théâtre entre les oreilles du mont du Chat !

Pendant qu'on reprend notre souffle, Paru me montre la cassure verticale qui sépare nos bancs improvisés.

— Regarde, dit-elle. Ici la roche change de couleur.

Bon, pour moi, une roche c'est une roche, mais je me penche pour vérifier ses dires. La cassure est grise avec des petits cristaux brillants. Les bosses et les creux correspondent à ceux de l'autre face.

— On dirait deux pièces de casse-tête !

— Ça veut dire que cette roche a été fracturée, dit Paru. Le fer à l'intérieur n'a pas encore eu le temps de s'oxyder avec l'oxygène.

— Tu veux dire que ça rouille dès que c'est exposé à l'air ? Comme sur Mars ?

— Oui, dit Paruline. Mais ça prend un temps fou, des centaines d'années. C'est pour ça que je crois que cet éboulis, eh bien… il est récent.

Je suis un gros zéro en géologie, mais mon intuition n'est pas au courant. Une idée pousse dans ma tête.

— Dis donc, Paru, et si cet éboulement avait causé la sécheresse ?

Elle siffle entre ses dents, parce que la même idée a dû l'effleurer. Mon cerveau surexcité a du mal à rester en place. Je tends un bras vers une pointe déchiquetée de la palissade qui a l'air de gratter le ciel.

— Mettons, un petit tremblement de terre qui aurait bouché la source de la rivière…

Les drames historiques sont pleins d'inspiration.

— Attends, dit-elle. Tu crois que ce lac que tu as vu du ballon se serait formé avec des eaux retenues derrière la palissade ? Mais la rivière s'est asséchée graduellement, pas tout d'un coup !

Là mon cerveau cesse de bouillonner. Je n'ai plus d'idées. Alors je me lève, la fatigue oubliée.

— On y est presque, dit Paru en empoignant sa pelle.

Son « presque » signifie que la pente devient plus raide. Pieds, genoux, mains, pelle, tout est bon pour se hisser plus haut, plus haut, vers ce mystérieux point où la rivière nous a fait faux bond.

À un moment donné, il n'y a plus d'obstacle. Sous mes pieds douloureux, la pente se fait douce comme un hamac.

Du sable à gros grains chuinte sous les cailloux que nous foulons. Puis le sable devient plus abondant, fin comme de la farine de teff. Mon soulier droit s'y enfonce et ressort, taché de boue. De la boue ?

— Paru, viens voir !

Paruline enfonce le tranchant de sa pelle entre les cailloux. Un gargouillis humide monte du sol quand elle s'appuie sur le manche. Sous les cailloux et le sable, il y a de la boue luisante. Paru en prend une pincée et la presse entre ses doigts. Ça crisse un peu.

— C'est du limon, dit-elle. Des particules si légères qu'elles ne se déposent que dans un lac calme.

Paru dépose une pincée de cette boue dans un sac de plastique, qu'elle fourre dans une poche.

— Pour que les jardiniers aient de quoi analyser.

Ça, c'est une facette de la coquette dont j'ignorais tout. Elle qui me paraissait toujours obsédée par son poids !

Nous suivons le chemin que j'appelle le « hamac » à cause de ses bords relevés. Il nous mène à une fracture de la palissade, comme si un géant avait « asséné » (merci médaillon !) un grand coup de hache dans la muraille.

On ne voit pas l'autre côté. Paruline s'y engage, sans peur. Je la suis. Encore de la boue.

Le passage est si étroit que je peux toucher les murs de chaque côté. Mon imagination pessimiste se déploie : et si ces parois se refermaient d'un coup, m'écrasant comme une galette ?

— Rose !

Le cri de Paru rebondit partout : «Ose, ose, ose… »

Je me précipite. Il fait plus clair. Les parois menaçantes s'écartent. Puis je bute sur Paruline, qui s'est arrêtée. Mais elle avait une bonne raison.

Une immense piscine nous barre la route.

31

L'eau émeraude

Le lac devant nous est cerné par des sommets couverts de neige, plus élevés encore que la palissade. Au loin, l'eau calme reflète ces pics et le ciel orange. Près de nos pieds, elle a une belle couleur émeraude.

— Il doit y avoir du cuivre dans ces montagnes, dit Paruline, une main abritant ses yeux.

— Mais comment tu sais ça ?

— La couleur verte vient du cuivre dissous.

— Euh, c'est rouge, du cuivre, non ? que je demande, confuse.

— Sous sa forme dissoute, les ions du cuivre ont une couleur verte.

J'ai encore du mal à accepter que ma compagne en connaisse autant en géologie. Je me demande à nouveau comment ce grand lac est apparu. Personne n'est venu ici depuis longtemps. L'urgence du Rideau, des corvées, avait rétréci nos expéditions.

J'ai du mal à y croire, mais la sueur et mes pieds douloureux pensent à ma place. Je m'assois sur le sable de la rive et délace mes bottines. Je retire mes bas. Enlève mes pantalons. Et mon gilet.

Et le reste ! Après tout, les gars ne nous ont pas suivies. Il n'y a que les montagnes pour nous faire de l'œil.

Paruline quitte sa fascination géologique pour l'eau verte.

— Rose, qu'est-ce que tu fais ?

Je ne l'écoute pas. Deux ans que je rêve de la rivière et la voici, cette cachottière !

* * *

Une étreinte glacée encercle mes chevilles quand je m'avance dans l'eau émeraude. Elle est si opaque que mes orteils ont disparu. Je tiens une seconde, deux, trois… puis je recule.

— Brrrr !

Je ne renonce pas. J'agite mes mains dans l'eau pour l'amadouer. Elle n'est pas si froide, même si elle vient de la neige des sommets.

Le bout du lac miroite. Une invitation. Je recule jusqu'aux cailloux de la muraille et m'élance comme dans mon enfance.

Plif! plaf! plof!

Mes pieds n'ont pas le temps de sentir le froid que j'ai déjà l'eau aux genoux et me laisse tomber devant. Re-brrrr!

— Mais t'es folle, tu vas te noyer! crie Paruline.

Son cri revient : « Yé, yé, yé... » Un écho.

Je me redresse, assise sur le fond. La peau de mes bras se couvre de petits cratères. Une sensation de froid glace aussi mes « parties personnelles », comme le disait Maman quand j'étais petite. Mais ce n'est rien à côté du bonheur de me sentir, pour la première fois depuis deux ans, propre!

L'eau me soutient, et je me sens légère. Tout d'un coup, je ne sens plus le froid de l'eau. Je l'ai apprivoisée.

Ou bien, c'est elle qui m'a apprivoisée.

Plif! plaf! plof! bis!

Paruline s'est lancée à son tour. Ses vêtements gisent en un tas plus coloré que le mien. Elle n'a gardé que sa blouse en fibre de teff qui colle comme une deuxième peau quand elle émerge de l'eau verte.

Elle s'ébroue, regarde encore autour de nous et pousse un long cri de joie que seules les montagnes entendent. Elle et moi redevenons des gamines qui s'éclaboussent à qui mieux mieux.

Mon cerveau et moi sommes en parfait accord : c'est le moment présent qui compte.

* * *

Quand nous étions petites, Olivia nous a raconté une histoire. Un bûcheron s'était attardé dans une forêt enchantée, pour une sieste. À son réveil, il est retourné à son village et a découvert, à sa grande surprise, que vingt ans s'étaient écoulés.

Eh bien, Paru et moi nous sommes un peu attardées, surtout pour rincer nos cheveux sales.

C'est le froid de l'eau qui finalement nous chasse. Je remarque d'ailleurs le contour bleu de ses lèvres. Dès que je le lui dis, elle me rétorque : « Toi aussi, Rose ! »

Quand on sort, le vent qui nous fouette paraît étrangement chaud en contraste. Sans serviettes, on se rhabille comme on peut, nos vêtements collant sur notre peau délicieusement mouillée.

La suite n'est pas aussi réjouissante.

D'abord, il faut redoubler de précautions en descendant la pente, parce qu'on ne veut pas déclencher un autre éboulis en délogeant une pierre.

Descendre cet amas de roches me demande plus d'efforts que pour le monter. Mais après cette baignade dans l'eau froide, mes jambes répondent mieux et mes genoux plaignards semblent plus élastiques.

Paruline bondit d'une pierre à l'autre, le toc de sa pelle frappant les roches en écho. Mais, d'un coup, elle s'immobilise. Je suis son regard au-delà du repli où on avait, la veille, pelleté du sable.

Charrettes et garçons ont disparu.

Je scrute les replis de terrain, en vain. Je cherche le soleil. Les grandes voiles blanches des cirrus atténuent son éclat, mais sa position me dit que l'après-midi est avancé.

— Tu as quelle heure ?

Paruline consulte sa montre-bracelet. Ses sourcils froncent, une expression qui change son visage.

— Elle ne fonctionne plus !

En un instant, mon cerveau hyperactif trouve la cause : l'eau verte s'est infiltrée dans le délicat mécanisme. (Paruline a plus de cervelle que moi et elle a bel et bien retiré sa montre avant de se baigner. Mais le sable sous nos vêtements était humide...)

— Ils ne nous ont pas attendues.

Au moment où j'éjecte cette évidence, des maths simples et dures me frottent les neurones.

Moineau et Junco n'avaient pas le choix. Aucun n'aurait pu gravir tous ces éboulis pour nous rejoindre à temps au sommet (sans parler du lac qui les aurait tentés, eux aussi). Ils ont beau être très forts, nous attendre, puis partir à la dernière minute les auraient obligés à s'épuiser avec des chargements trop lourds.

Paru et moi nous consultons du regard. Une même pensée : si on court assez vite, on rattrapera les garçons.

Elle jette sa pelle et nous dégringolons le reste de la pente de roches éparses vers l'endroit où Junco avait embourbé son chariot. C'est facile à voir de loin, à cause des traces des roues dans la boue, et aussi du gros sac en *jemenfousnium* de Binti.

On souffle comme des locomotives quand l'appel du Rideau rebondit sur les montagnes, un écho lointain.

J'agrippe mes genoux douloureux. Paru se courbe en avant, mains sur les cuisses. Toute sa personne est un édifice tremblant, son chignon humide défait. Sa voix aussi est défaite.

— Le premier ou le deuxième appel ?

Là une seule pensée capture tous mes neurones. « Même en courant, on n'y arrivera pas ! »

* * *

Le lit de la rivière me nargue avec ses petits hexagones crevassés et les traces de roues. Derrière moi,

Paru qui reprend son souffle. Devant moi, le sac de perches de Binti.

Je dézippe le sac. Cette action ne sert qu'à me distraire de la fin horrible qui nous attend une fois la nuit tombée.

C'est drôle à quel point j'étais obsédée par une défaillance du Rideau en *chépasquoinium*. Et voilà qu'une tentation digne d'un vieux conte va m'avoir.

Bon, m'avoir moi ? Gros bof !

Je n'ai aucune envie de m'accoupler avec un gars et de pondre les futurs habitants de Sérail-la-mal-nommée.

J'empoigne une perche comme ces ancêtres qui chassaient les antilopes avec. Je lève le tube très haut et le plante avec rage au cœur d'un hexagone mou. En plein dans le mille. Ça me réjouit même si mon épaule crie.

Je prends une autre perche et lui inflige le même châtiment. En un rien de temps, le grand sac est vide. Je lorgne la surface satinée du *jemenfousnium*. Un nylon rigide, résistant, lisse comme du satin.

Je sens une idée qui fait son chemin, mais je ne sais pas encore laquelle.

Je dézippe complètement le grand sac. Je rabats l'autre moitié par terre. Ha, marrant, c'est rembourré ! Je pourrais me coucher dedans et le refermer, ça me ferait un cercueil confortable (mais un peu étroit aux hanches).

Je passe ma main, encore, sur la surface arrondie, satinée, glissante.

D'un coup, dans ma tête, y'a un neurone qui éjecte un mot, de nulle part, comme ça : ski.

Puis un autre qui répond : glaise.

Puis un autre qui ajoute : pente.

Puis un dernier, qui parle plus fort que tous les autres : Paru.

32

Glissade

Je tire le sac grand ouvert vers le lit de la rivière piqueté de perches.

Je ne sais pas à quelle vitesse les idées voyagent dans le cerveau, mais celui de Paruline fait tout de suite deux plus deux égale quatre. Elle arrache deux perches à la glaise durcie.

— On en aura besoin pour rectifier le tir, dit-elle.

Vite, chacune choisit une moitié, côte à côte. Je suis à l'étroit. Paru me passe une perche. Je l'enfonce et pousse vers l'arrière.

Notre ski improvisé glisse d'un demi-mètre, puis s'arrête.

— Il faut changer notre position, dit-elle.

Je regarde la pente devant.

— Non, il faut pousser pour donner un élan.

On se lève de nos demi-sacs, laissant les perches dedans. Nos bottines patinent sur la glaise sèche en poussant notre ski. Sans notre poids, le sac ouvert file par-dessus les hexagones et il ne faut pas le lâcher !

On saute à bord quand on ne peut plus suivre. Paru se cale de son côté, je l'imite, pieds coincés contre le bord avant.

Cette fois, au lieu de ralentir sous notre poids, le *jemenfousnium* miraculeux glisse comme si le lit de la rivière avait été enduit d'une couche d'huile à cuisson.

Les parois défilent vite, mais il faut éviter les roches qui ont déboulé dans la glaise et s'élèvent sur notre chemin. Je pousse ma perche à deux mains contre un obstacle. Les chocs me donnent la fessée et la lisière me scie les hanches, mais c'est peu cher payé pour aller aussi vite !

Puis la rivière s'élargit, et il y a moins de roches dans notre chemin.

La vitesse est exquise, le vent dans nos cheveux humides et le chuintement de la glaise sous notre esquif. Sans se consulter, Paru et moi, on lâche un cri de triomphe que toute la vallée doit entendre.

« YAHOOOOOOOU ! »

* * *

Notre triomphe se calme un peu quand devant nous se profile la base de l'Éventail. Nous fonçons droit vers l'amas de blocs tailladés qui s'avance dans la rivière avec une grande langue de cailloux et de sable.

C'est dangereux parce que les blocs pleins d'arêtes coupantes vont déchirer notre esquif improvisé. En plus, à notre folle vitesse, Paru et moi serions éjectées contre toutes ces arêtes qui nous briseraient les os. (Et, comme on ne serait pas en état d'atteindre le Rideau à temps, on mourrait dans la nuit, une réjouissante perspective.)

La voix de Paru interrompt ma ronde de pensées noires.

— Pousse de ton côté dans la glaise ! crie-t-elle.

Elle n'a pas besoin de s'étendre en explications. L'équation du problème s'inscrit toute seule dans mes neurones.

Si on freine pour éviter les gros blocs coupants du pied de l'Éventail, la pente après est trop faible pour nous redonner un élan avec les perches : il faudrait courir à pied vers la brèche du mur et s'époumoner pour atteindre le Rideau.

Alors je m'active pour changer cette équation. (Je n'ai pas envie de courir, surtout.)

Je donne non pas une, mais plusieurs poussées rapides. La glaise molle absorbe le choc et retient le bout de ma perche, mais j'insiste. De son côté, Paru s'appuie lourdement sur sa perche pour faire virer notre ski.

La grande diagonale grise de la pente de l'Éventail s'élève à mesure que nous descendons, de plus en plus bas. On ne pourra jamais l'éviter…

Je presse ma perche dans la glaise avec plus de force, et quelque part en moi monte une bulle de gratitude que ces instruments de forage soient si solides. Et que Binti ait laissé derrière elle ce sac «providentiel». Si on s'en sort, je me promets d'apprendre par cœur toutes les syllabes qui composent le vrai nom du *jemenfousnium*.

Le chuintement du sol sous notre sac change de ton. Un coup d'œil en arrière me montre la courbe de notre virage qui traverse les hexagones de glaise.

La pente s'adoucit, encore. Je repère un bloc qui émerge de mon côté. Je le pique de toutes mes forces. La perche vibre entre mes paumes, mais la poussée contre un objet solide nous propulse vers l'avant.

Notre sac-ski soulève deux traînées de poussière de sable quand nous frôlons la pointe de l'éventail. Des cris aigus montent de nos gorges quand notre sac gratte des cailloux. Je pique et repique pour nous en éloigner. Instinctivement, je me penche vers ma droite pour accentuer notre virage, et je sens que Paru imite mon geste.

Puis nous nous redressons. L'éventail s'éloigne derrière. Je veux pousser un cri victorieux, mais Paru m'interrompt.

— Trou droit devant !

Nouveau danger ! Le lit de la rivière nous laisse voir les ovales aplatis des trous creusés dans la glaise pour soutenir les cultures. Une corvée de pelletage que je détestais.

Je joue de la perche pour les contourner, sacrifiant encore de la vitesse. Notre folle allure devient un peu moins folle en nous rapprochant du mur du dôme.

Mais on a encore assez d'élan pour narguer les silhouettes courbées qui traînent les chariots sur la rampe de l'entrée, à coups de joyeux « Houhoooouh, c'est nous ! ».

Moineau et Junco ne sont pas seuls : les adultes qui reviennent des cultures se tournent aussi. On devait faire tout un spectacle, deux filles aux cheveux brillants comme des phares, chacune agitant une perche en l'air.

Près de l'entrée, notre esquif a perdu assez de vitesse pour nous permettre de le freiner avec nos pieds. Pas envie de ramasser le sac. Nous patinons sur la glaise et grimpons sur le gazon jauni de la berge.

Tout de suite, nous sommes entourées d'adultes poussiéreux et furieux.

— Vous êtes dingues ou quoi ?

Leur colère trébuche sur nos cheveux encore mouillés et nos vêtements collants d'humidité.

— Ça alors ! crie Junco.

— Mais d'où arrivez-vous ? s'écrie une femme aux joues creusées par la soif.

Paruline se redresse de toute sa minceur détrempée, aussi rayonnante que fière. Quand le carillon du Rideau résonne – c'est le deuxième, ouf ! – nos rires remplissent la vallée.

— On arrive de la piscine !

* * *

Ça ne prend que dix ou douze minutes de marche énergique pour traverser le dôme et atteindre le Rideau. Tout ce temps, les questions pleuvent sur Paru et moi, les regards accrochés à nos cheveux brillants d'eau. Paru leur jette des miettes de réponse (et moi rien, parce que cette marche rapide après notre glissade échevelée m'essouffle).

Les gars auraient pu laisser leurs chargements à mi-chemin, ça n'aurait pas posé de problème pour effectuer les réparations le lendemain. Mais ils ont leur fierté. Plusieurs de ceux qui reviennent des champs leur donnent un coup de main pour tirer les chariots.

Nouvel émoi quand Paru et moi foulons la scène dans nos vêtements humides et froissés, semant des gouttes foncées sur le béton. Et surtout, nos cheveux tout beaux sentent l'eau cuivrée ! Marisol lève la tête de son banc, ses yeux brillants.

Les dépressifs nous entourent comme si Paru et moi étions des fontaines. Jean boitille vers nous, ses mains parlent à William qui tient sa tablette. (Jean et lui apprennent un langage des signes qui a l'air marrant.)

Notre chef à tous s'avance.

— Patate, les filles ! Vous vous êtes surpassées, là !

Dans sa bouche, ce n'était pas un compliment. Surtout que les garçons s'empressent de révéler notre plan de chercher un accès au lac, ce qui n'est pas une idée lumineuse.

— Et vous les avez laissées se risquer là-haut, seules ? gronde le grand Robert, ses poings sur les hanches.

Je ne sais pas à quelle source s'était abreuvé notre chef en grandissant, mais il a gardé un petit travers galant. Ou bien, la fragilité de sa douce Olivia avait déteint sur son instinct de protection.

Paruline se croise les bras, piquée. Moi, j'ai une terrible envie de lui tirer la barbe comme Tamarine l'autre fois, mais ça c'est tabou. Alors je me plante, encore toute humide de ma récente baignade.

— Hé ! Je ne suis pas si fragile, et Paru non plus !

Le grand Robert reste la bouche ouverte. La seule qui peut lui clouer le bec est Olivia… je saute sur ce moment de silence.

— Et nous avons trouvé un passage vers le lac ! que j'ajoute.

— On s'y est même trempées, crâne Paruline, agitant sa crinière.

Toc ! Toc ! Olivia se fraie un chemin entre les curieux. Papa la suit. Quand il me voit, pantalons tachés et cheveux mouillés, je m'attends au pire. Mais il me regarde d'un air enjoué, son front lisse pour une fois.

— Eh bien ! Alouette n'est plus la seule téméraire de notre colonie, dit-il.

Puis il me serre dans ses bras. Il sent les champignons terreux et la sueur. Je songe que très bientôt, il pourra se laver. Tous pourront se laver.

Maman m'enveloppe à son tour.

— J'espère que tes escapades ne deviendront pas une habitude, dit-elle en me relâchant.

Derrière elle, les gars, aidés par l'Aiglon, sont en train de placer les chariots vers les sites qui en ont besoin. Ils évitent de croiser mon regard.

Olivia s'approche avec ses cannes.

— Roseline, je crois que tu as trouvé ta voie.

— Euh, quelle voie ?

Elle produit ce sourire qui rappelle qu'elle a été une enfant, voilà longtemps.

— Tu as réussi deux choses : en premier, tu as découvert un réservoir d'eau énorme et accessible.

Son mari proteste, ses deux mains battant l'air.

— Holà ! dit-il. À une demi-journée de marche ? On n'est pas sortis du bois !

Encore une curieuse expression, car il n'y a pas de forêt ici. Mais Maman secoue la tête.

— Pourtant, avec les récoltes des capteurs d'eau qui baissent, il faut y penser, dit-elle.

Pendant que Robert répond, Jean boitille jusqu'au banc central et s'assoit près de Marisol qui rêve d'eau les yeux fermés. Il écrit sur une tablette, qu'il passe par-dessus son épaule à William debout derrière lui. William gribouille dessus à son tour. Quand il repasse le sonivid à Jean, je peux lire ce qu'il a écrit.

« Prise d'eau dans le lac, avec une valve et un long boyau. »

— C'est faisable, dit Jean, qui hèle notre chef.

Celui-ci lit à son tour la proposition.

— Super, Jean ! dit-il.

Mais ce dernier rétorque.

— C'est Will qui y a pensé, dit-il. Il s'y connaît.

Robert ne sait pas trop « sur quel pied danser », une expression amusante de Maman.

Le troisième appel du Rideau interrompt tout à ce moment, avec son compte à rebours de quinze minutes. Papa (qui a pris les présences) confirme que tout le monde est en sécurité.

Quand le Rideau a fini de coulisser, tous s'ébranlent vers le souper qui fume depuis l'espace cuisine. Olivia traîne de l'arrière, avec ses cannes. Moi, j'ajuste mon pas au sien parce que son « en premier » me gratte encore la cervelle.

— Quelle est la deuxième chose que j'ai réussie ?

Elle jette un coup d'œil sur le groupe animé, maintenant inondé d'enfants qui viennent rejoindre leurs parents. Paruline, qui en a souvent gardé, les canalise vers les tables.

— La deuxième, c'est que tu t'es fait une amie.

Ces mots me frappent, d'un coup. La difficulté de cette expédition nous a rapprochées, Paru et moi.

— Et, une troisième chose, Roseline… tu viens d'inventer un nouveau loisir : la glissade sur boue !

* * *

Aux tables, ça discute avec entrain. Un rare vent d'optimisme me caresse l'esprit. Même quand Paruline a dévoré son dessert en entier, cela ne m'a pas dérangée. Il faut dire qu'une session d'escalade et de baignade, ça creuse.

Je savoure le goût sucré de la mousse de faux chocolat que, par exception, les fabricants ont produit ce soir. Maman a dû me donner une portion plus généreuse que d'habitude, parce que je me sens repue quand j'ai fini.

Je nettoie mon assiette, me promettant d'aider Maman à serrer les ustensiles avant qu'elle ait à m'appeler.

33

Feu d'artifices

On a replanté les carrés de potager dehors. Sur scène, ne reste qu'un pot de fleurs, épargné pour le moral… mais suspendu, histoire qu'on repère les racines des clochettes blanches si l'une d'elles s'avisait d'y pousser.

Je tourne à la main un tambour incliné qui mélange le ciment avec le « bon » sable. Il n'y a pas de tâche plus ennuyeuse que de tourner cette manivelle, et ça fatigue le bras. Mais si je m'arrête pour me reposer, le ciment liquide durcit avant qu'on l'utilise ! Et on aura perdu l'eau du mélange.

Tu parles d'un matériau capricieux ! Je préfère encore pédaler pour remplir les bonbonnes d'air. Un petit plus, c'est que l'odeur de ciment frais chasse celle des toilettes que nettoient Moineau et Junco.

Un liquide épais sort du bec verseur. Il remplit les fissures creusées par les racines (qu'on a retirées). Je dois attendre que le ciment au fond sèche avant d'en verser une autre couche. Il n'y a pas que du sable et de l'eau dans le mélange : Nadine a ajouté une poudre, une sorte de colle plastique qui durcira. Notre mélange deviendra indistinct du reste de la scène.

Nadine se penche au-dessus du bec verseur, ses cheveux blonds retombant en boucles serrées. Son fils est en corvée de collecte d'eau aujourd'hui. Les corneilles donnent si peu d'eau depuis quelque temps que l'Aiglon va ramener deux bidons à demi pleins.

Les garçons en corvée s'échangent des idées folles.

— Imagine, fini les collectes aux corneilles ! dit Junco qui n'aime pas plus cette activité que moi.

— On pourrait les démonter, dit Moineau.

Mon ressort pessimiste se détend.

— Surtout pas ! Je pense qu'on devrait les garder, au cas où. Y'a un proverbe qui dit qu'il ne faut pas se fier à une seule source.

— *Fontaine, je ne boirai pas de ton eau*, cite Paruline.

— Parlant d'eau, surveille le ciment, Rose ! s'écrie Nadine.

Je rougis, car j'ai tourné la manivelle trop vite, et ça change les qualités du liquide.

* * *

Pendant que le ciment durcit dans les fissures, une dure réalité vient tempérer notre excitation. Olivia nous l'annonce avant la collation de midi. Les fabricants n'ont pas assez de plastique pour tisser un boyau d'arrosage de plusieurs kilomètres de long.

— On a le matériel de base pour fabriquer le boyau, mais ça va prendre des mois pour produire assez de nouvelles fibres.

Exit nos rêves de piscine ! Je regarde mon verre de jus protéiné. Son plastique rugueux a été produit par les fabricants.

— Et il n'y a rien d'autre qu'on a ici qui pourrait convenir?

Maman, qui apporte des petites poires à peine mûres qui ont poussé dans le bunker, pose une main sur mon épaule.

— Il y avait le matériau du ballon, qu'elle dit.

Ah, oui, super : celui qu'on a perdu!

— On pourrait utiliser la pellicule de plastique qui recouvre les voyageurs, propose Moineau. C'est facile à produire.

Papa lève les paumes.

— Ça ne résisterait pas à la pression de l'eau, dit-il.

— Oh, fait Moineau, dépité.

— Pas grave, dit Olivia. On jette des idées en l'air, comme des fusées qui éclatent, et ces idées nous en donnent d'autres. C'est un «feu d'artifice de cerveau».

Alors chacun jette des idées folles.

Mon attention devient comme le ballon qui dérive, et je perds le fil des conversations. J'attrape les miettes de pain de teff qui traînent dans mon assiette, les restants d'une galette. Ce sont des graines minuscules d'une belle couleur orange ciel, fibreuses sur la langue. Et si légères que, quand on souffle dessus, elles s'envolent.

Comme un ballon.

Et là, encore, ça fait pouf! dans ma tête, une autre fusée pleine de poudre qui éclate.

* * *

On ramasse les collations pendant que je déballe mon idée-feu d'artifice. Je préfère parler tout de suite à table avant de l'oublier, plutôt que dans la salle de réunion du bunker.

— Tu suggères, Rose, qu'on fasse un autre ballon pour retrouver le premier? demande notre chef à tous. Non, mais ça ne va pas? On n'a pas le matériel. Et risquer une caméra en plus?

Je tiens mon bout, mes yeux sur la blouse de Paruline.

— Oh, mais il ne serait pas en *machintrucnium*! Des fibres de teff et de la colle suffiraient, parce qu'on ne l'utilisera pas longtemps.

Je ne sais pas, à vrai dire, si les tiges rousses de teff qui s'amassent près des toilettes peuvent être tissées plus serrées que la blouse de Paruline. Mais je sais qu'on n'en manque pas.

— Il va se dégonfler et pouf ! on n'aura qu'à le récupérer.

— Mais s'il tombe hors de portée ? demande Junco. Ne compte pas sur moi pour aller le chercher !

Là mon bel élan se prend les pieds dans le tapis. Cette douche froide de réalisme va éteindre mon feu d'artifice. J'éprouve une forte envie d'être ailleurs ou de croquer dans une autre galette de teff.

— Juste un petit ballon pour rechercher le plus gros, que je répète. Et on y met une caméra de sonivid.

Ma voix, comme mes épines, ramollit sous les critiques.

— Et comment tu le contrôlerais ?

Le regard bleu d'Olivia me balaie des pieds à la tête comme une grande vague. Si elle est déçue, elle ne le montre pas.

Dans ma tête, il y a trois idées qui se tiennent par la main.

Un, on a plein de tiges de teff qui attendent d'être compostées et qui, selon Paruline, sont résistantes à la tension. Deux, une caméra de sonivid ne demande pas un gros volume pour la soulever. Trois, le ballon aurait une trappe qui se déclencherait à distance pour relâcher le gaz.

Tout le monde parle en même temps et mes trois idées se mettent à danser. Trop de voix. Je me sens ployer comme une tige avec une corolle trop lourde, et mon front touche le bord de la table.

La main fine de Paruline se pose sur mon épaule, et on dirait que le vacarme recule.

— C'est une super idée, Rose, qu'elle me souffle à l'oreille.

Et là, Paruline la coquette, celle qui s'affamait pour sa fine taille et se pâmait pour les filles grimées des archives, se lève d'un bloc. Les pattes de sa chaise crissent sur le béton de la scène. Sa main reste sur mon épaule.

— Son idée est faisable ! dit-elle, en gonflant sa voix comme au théâtre pour être entendue de tous. Et si vous, la vieille génération, ne voulez rien savoir, eh bien soit ! Nous le ferons nous-mêmes, avec le teff !

Un silence accueille sa déclaration.

Je pense que les mots « vieille génération » sont restés en travers de la gorge des adultes présents.

Et je pense aussi que Paruline la coquette est devenue quelqu'un d'autre. C'est comme découvrir un cristal brillant sous une croûte de boue. Ou de voir qu'un cercle, vu sous un autre angle, est un cylindre.

— Et si vous êtes trop occupés, termine-t-elle, laissez-nous au moins un sonivid pour faire nos calculs !

J'aime quand elle dit « nos calculs » mais, en dehors des quatre opérations de base, ce sera surtout elle. Le grand Robert rouspète.

— Ah non ! Vous allez vous arranger sans ! On en a trop peu…

Il s'interrompt comme s'il avait avalé une bouchée de travers. Quelqu'un vient de déposer un sonivid devant moi. Il y a deux mots écrits sur l'écran.

Vas-y !

— Errr… errr, fait une voix aux cordes vocales râpeuses.

Jean s'approche de William.

— Eh bien, Will et moi, on va vous aider pour ces calculs ! On prendra mon temps de sonivid.

Je cligne des yeux, mais je vois des larmes dans ceux d'Olivia qui sourit, alors que son mari lève les siens au plafond.

Puis les gars au bout de la table se lèvent.

— On est là, si t'as besoin de bras, dit Moineau en roulant ses épaules de gangster historique.

— Je sais où sont les meilleures tiges de teff, dit Junco.

— Je peux aider pour le calcul de volume, dit Cormoran.

— Et, euh, moi, je peux m'occuper de la colle, bafouille l'Aiglon, tout rouge parce que lui non plus n'aime pas parler en public, comme sa mère.

Mais je vois une étincelle de fierté dans les yeux de Nadine. Je pense qu'on n'aura pas de difficulté pour la colle.

34

Le projet de la nouvelle génération

On n'a jamais vu une telle pagaille dans le Théâtre. Plusieurs adultes se sont plaints de notre manque de respect. Toutefois, le grand Robert n'ose pas nous punir, parce que ce serait aller à l'encontre de tous ses beaux principes de pionniers ayant la «bonne étoffe» (quand il avait dit ces mots aux funérailles de Paloma, ça avait secoué Alouette, qui pleurait sa meilleure amie).

En plus, il a accepté que Jean assiste William avec le sonivid.

Mais sa générosité s'est arrêtée là. Robert ne nous a pas accordé plus de temps libre. Junco et Moineau, les plus forts, se démènent pour finir leurs corvées plus vite.

Il faut dire que notre chef subit la pression de la part de ceux pour qui seule «la bonne étoffe» compte. Selon Paruline, il se retrouve «entre l'arbre et l'écorce». Alors il s'est contenté de nous demander de faire attention à ne pas nous tuer, misère !

Obtenir l'usage d'un fabricant n'a pas été plus facile, mais Jean a insisté auprès de Binti et d'Olivia, et William a montré ses calculs. Je ne savais pas qu'il était si calé en maths, mais cette aptitude a été occultée par son mauvais comportement (qui, j'espère, restera dans le passé).

On pige des minutes le soir pour assembler le nouveau ballon dans notre coin de scène (passé les toilettes qui ne vont pas tarder à puer, mais en début de soirée c'est supportable).

Cormoran, à cause de ses os fragiles, n'a pas de corvée difficile. Il bricole un appareil gros comme mon poing, avec plein de fils qui dépassent et des grains de métal rouge (du cuivre!) alignés sur une plaque trouée. Les fils plongent et remontent comme une broderie, mais seul Cormoran sait où vont chaque fil et chaque grain de métal du «circuit».

La plaque trouée est un morceau d'un drôle... non, d'un drone brisé que Cormoran a démonté l'an dernier, pour essayer de le réparer.

Moineau exécute sous ses ordres les soudures au chalumeau. Les lunettes de protection lui donnent un air sérieux.

Paruline a l'air de suivre ce qu'explique Cormoran. Moi, je regarde la broderie « électronique ». William est assis dans un coin, dos contre le mur. Il a aidé à disposer les grains de cuivre sur la plaque pour construire le circuit. Jean fait le va-et-vient entre lui et notre équipe.

Junco a ramené sur ses épaules de grands boisseaux de tiges depuis les terrasses. L'Aiglon l'aide à sélectionner les meilleures tiges, que Paruline et moi effilochons à la main. Ça produit des filaments comme des cheveux roux, que je fais tisser par un fabricant libre. L'Aiglon bouche les trous du tissu produit avec une colle obtenue par sa mère.

Comme on n'a pas besoin d'un grand volume ni d'un câble, le ballon numéro deux ne nous prendra que six ou sept jours. C'est bizarre, mais on dirait que j'ai plus de patience avec cette corvée.

Parce que c'en est une que j'ai choisie ?

* * *

Même si son mari boude nos progrès, Olivia vient nous rendre visite, précédée par le toc ! toc ! de ses cannes.

Les dépressifs viennent aussi faire leur tour, surtout depuis qu'on a enlevé les carrés de légumes de la scène. Les taches pâles du ciment sec contrastent avec le reste de la scène. (Les enfants y ont déjà tracé des figures.)

Notre travail sur le ballon a donné une idée à Olivia. Un projet pour « leur » génération.

Le grand Robert et Papa ont assemblé des barres de fer recyclé, un double A lié par une barre, au centre de la scène. Ils y ont suspendu un banc de lattes de plastique recouvert d'un coussin. Trois personnes peuvent y prendre place et s'y balancer, avec un petit grincement.

La balançoire ravit Marisol et Pierrette, qui y passent beaucoup de temps au lieu de s'assoir contre le mur du bunker. Décidément, les voyageurs du temps vont avoir une surprise à leur retour !

* * *

Le grand Robert nous laisse faire, mais il ne nous fait pas tout à fait confiance.

La mère de Paruline, qui siège au conseil avec Papa, est venue nous avertir que le deuxième fabricant, le plus avancé, a été requis pour assembler… un projet qui va occuper la machine pour le reste du mois. Quel projet? Son sourire n'est pas une réponse.

— Un petit Rideau, dit-elle.

Ce qui ne nous avance pas.

— Ah, c'est malin, dit Junco plus tard, deux fabricants sur trois occupés!

— Bah, tant que le nôtre continue de filer notre toile, y'a pas de problème, dit l'Aiglon.

Pendant le souper, il faut entreposer le ballon dans la loge d'Alouette, occupée par Cormoran. Car il faut le garder hors de portée des dépressifs mécontents, qui pourraient vouloir le défaire, et des jeunes enfants, qui trouvent le projet très amusant et piétinent le teff étendu au sol.

Le soir, quand tout est calme, nous reprenons l'assemblage.

Notre ballon en *teffnium* prend forme, une longue poire jaune, la couleur du teff séché. Un boyau souple pend dessous comme une trompe d'éléphant.

Au lieu de rafler du gaz léger, l'Aiglon a suggéré de prendre un chalumeau pour remplir le ballon d'air très chaud, puis de refermer le boyau. Il ne faut pas gonfler complètement le ballon, parce que, en montant, il va se dilater dans l'air ténu de la haute atmosphère.

Notre petit ballon va monter plus haut et plus vite que l'autre.

S'il peut atteindre dix kilomètres de hauteur, il sera tellement haut que rien de ce qui se trouve sous lui sera invisible. Tous les replis de terrain seront aplatis.

Cormoran a calculé la distance à l'horizon à cette altitude, en tenant compte du rayon de Sérail. Eh bien, on pourra voir bien plus loin que le lac, et presqu'à l'autre bout du désert, là où s'élèvent ces aiguilles mystérieuses.

* * *

Le projet bouffe notre temps libre… et notre énergie. Je suis crevée.

Hier, après notre travail sur les morceaux de ballon-teff, j'ai titubé vers la loge familiale, trop fatiguée pour dicter quoi que ce soit au médaillon.

Je connais notre loge par cœur, donc je me suis départie de mes pantalons et bottines, gardant mes bas et ma camisole. Mais, au moment où j'allais grimper sur mon lit superposé (mes parents dorment dessous), mon pied a raté la marche de l'échelle.

Je suis retombée sur mon séant (comme le dit Maman qui n'aime pas l'autre synonyme) avec un grognement de douleur.

— Roseline ? ont dit deux voix ensemble.

L'effet aurait été drôle dans une comédie des archives. J'ai grommelé un « ça va, ça va » évasif, puis suis remontée en faisant attention où je posais mes pieds.

La vie de couple ne m'intéresse pas le moins du monde, mais ça m'a fait un peu plaisir d'entendre leurs deux voix, unies.

35

La peine d'un autre

Je me dévoue au déjeuner pour que Maman ne s'inquiète pas de ma chute de la veille. Je n'ai pas envie de faire pitié et je ne veux pas que son inquiétude nuise à notre projet.

Je distribue les collations et les jus de carottes, je répète au petit Pinson que non, il ne devrait pas apporter ses cailloux et les disposer autour de son assiette (ça fait sale), je replace le coussin de sa petite sœur Colibri (qui aime chanter à tue-tête et, surtout, à tue-oreilles), et je rassure l'Aiglon qu'il aura un peu plus de gruau aujourd'hui, parce que ce gars maigre comme une asperge mange comme un lion. « Une poussée de croissance », a dit Kim, et qui sait où ça s'arrêtera !

Junco marmonne et cherche sa cuillère, ses yeux plissés. Lui, ça lui prend une tasse de faux café avant qu'il ne devienne fonctionnel. Et c'est aujourd'hui qu'on va avoir besoin de lui.

Le grand Robert annonce les tâches, et ouf ! pas de compostage pour moi, mais zut ! je dois faire la récolte de champignons-tricheurs.

Ce n'est pas un travail difficile et l'ambiance sombre convient à mon humeur, mais justement, je n'ai pas envie de m'enfermer. Je jette un coup d'œil vers Paruline, qui aura une corvée de collecte d'eau avec l'Aiglon. Elle darde son regard comme un laser sur le large dos de notre chef bien-aimé. Ça la fait rager, puisqu'elle et moi travaillons justement à rendre cette tâche « obsolète ».

Sur la liste affichée figure la corvée de fabrication qui m'intrigue, marquée « MINI RIDEAU ». Comme j'aide à desservir après le repas, je m'approche de Maman.

— Qu'est-ce que ce fabricant fabrique ?

(Admirez ici ma fine élocution.)

Maman enfouit un chaudron dans le bac de sable. Elle avait vu notre groupe travailler sur le ballon et décide de me donner une miette.

— Un petit Rideau hermétique, à l'échelle de ton corps.

Des fois, mon cerveau ressemble à ces véhicules qui pétaradent sans avancer. Je dépose vite une pile d'assiettes sales sur le comptoir tellement mes doigts tremblent d'excitation.

— Des scaphandres, comme pour aller dans l'espace ?

— Non, nos scaphandres seront plus légers que ceux pour l'espace, car ici on ne craint ni le vide, ni les radiations, ni les micrométéorites.

Et là, feu d'artifice de cerveau. Je comprends tout, tout, tout.

— Avec les bonbonnes d'air que j'ai comprimé en pédalant, on pourra aller dehors la nuit !

Elle hoche la tête.

— Exact, ma Rose des sables. Parce que quand vous aurez repéré le ballon, s'il se trouve trop loin, il faudra être capable d'aller le chercher !

Après le drame de Paloma qui croyait ramener son artéfact par elle-même, les adultes ne veulent pas prendre de chance.

* * *

Quand je ressors du sous-sol des champignons avec deux seaux de terre noire qui m'allongent les bras, le grand Robert se tient devant la vitrine des fabricants en compagnie d'un adulte voûté.

Les deux regardent les tissus luisants qui sortent d'un des appareils. La conversation avec Maman me revient en mémoire. Le mini Rideau qui nous permettrait d'aller marcher plus loin. Une autre machine va le découper et coller les morceaux ensemble.

L'autre personne qui se tient là, c'est M. Meadows. Il s'est collé la joue contre la vitre comme un enfant curieux, fasciné par cette bande de tissu qui sort, centimètre par centimètre. Les machines ne font pas de bruit derrière la vitre, alors je peux entendre sa réponse.

— Je ne suis plus capable, dit-il. J'ai perdu le goût.

Il mâche ses mots tellement ses lèvres sont molles quand il parle.

— Ce sera un projet de grande envergure, dit notre chef en lui tapant sur l'épaule (pas trop fort parce que M. Meadows est plutôt frêle).

Un long soupir s'échappe de cette chandelle éteinte. Il avait été un architecte bondissant dans le temps où sa femme était avec nous. Puis la météorite avait frappé et il l'avait perdue. Ils n'avaient pas d'enfants, alors il est tout seul.

Être seule ne me dérangerait pas tant, et il y a des moments où tout le monde me tombe sur les nerfs. Mais je reconnais l'autre moitié du sentiment de M. Meadows. Il se sent inutile. Il dessinait des maisons et des canalisations, et les autres trucs d'une ville normale. Je revois, du ballon, toutes ces lignes tracées à l'intérieur du dôme, ce grand polygone qui aurait été un parc, ces rêves brisés et, d'un coup, cette peine vient se faire un nid en moi, et je ferme les yeux.

Pour la première fois, je comprends les sentiments de quelqu'un d'autre, quand j'ai encore du mal à démêler les miens. Ce n'est pas du tout agréable, la peine d'un autre. La voix de notre chef à tous balaie mes pensées.

— Prenez le temps d'y penser, dit Robert, ses gros doigts triturant sa barbe.

L'homme ne répond pas, mais il hoche sa tête grise et il part vers les fauteuils, d'un pas traînant.

Là je m'éclipse aussi avec mes seaux pleins de terre.

36

Monte, monte, petit ballon

Notre ballon est terminé.

Il reste à y attacher le dispositif de Cormoran, un mince cerceau de métal qui passe dans quatre replis de *teffnium* collés au bas du boyau-trompe comme les ganses d'une ceinture. Suspendu dessous, un insecte dont chaque patte agrippe un arc du cercle. Il est plus léger que ma main, avec un gros œil de caméra sur le ventre.

Avant de laisser s'envoler le ballon, Cormoran teste le contrôle à distance de son « insecte-caméra ». Pendant que les garçons et moi tenons le cerceau en l'air, Cormoran manipule le sonivid de Jean et William. L'œil pivote sur 360 degrés.

Cormoran parle de son circuit auquel je ne comprends rien, mais je lui laisse les maths et me contente de ma tâche pas compliquée du tout : tenir un cerceau de métal.

Encore une fois, je me dis que jamais je n'aurais été sélectionnée pour embarquer à bord de l'*Albatros*. Je me sens comme cet élève dans les histoires, le dernier choisi pour former des équipes.

* * *

Cormoran a estimé que le milieu de la matinée est le meilleur moment pour larguer le ballon, quand les vents *adiamachin* s'apaisent et que la pression s'équilibre dans la vallée. Parce que si le vent poussait trop fort, notre petit ballon dériverait trop loin et le récupérer nous demanderait une trop longue marche et, à ce sujet, j'ai déjà donné, merci.

Avec les vents plus calmes, notre miniballon montera à sept, huit ou neuf kilomètres avant que la pression interne s'équilibre et que l'air refroidisse. Après, il redescendra.

Pour s'assurer de notre succès, nous devons nous éloigner (encore de la marche!) d'environ un kilomètre en aval du Théâtre, dans la vallée de l'Entonnoir. Heureusement, les sentiers le long de la rivière ont été aplanis par les véhicules qui les sillonnaient, au temps du dôme. Cette marche, même avec Cormoran et sa canne, se révèle une agréable promenade.

Les équipes de corvées aux champs sont déjà parties vers les terrasses, avec Junco. Mais Moineau et moi suffisons amplement pour étendre le ballon et soutenir l'anneau de métal.

L'Aiglon souffle l'air chaud du chalumeau par la «trompe». Il a la main sûre, parce qu'un geste maladroit lui ferait brûler le *teffnium* (qui, en dépit de sa solidité, est inflammable).

À mesure qu'il se gonfle, le ballon se relève, puis son flanc se presse contre mon nez et ma joue. L'odeur terreuse du teff supplante celle de la colle.

Quand Cormoran déclare que c'est assez, l'Aiglon ferme le chalumeau.

Ce qui est bien avec l'air chaud, c'est qu'il monte. On retient le ballon à trois pendant que

Paruline fait un nœud dans la trompe. Cormoran déclame un compte à rebours qui me semble inutile, mais comme c'est une tradition pour les trucs lancés en orbite, je ne dis rien.

Le zéro arrive trop vite.

Les deux garçons et moi ouvrons les bras. Notre petit ballon de teff bondit vers le ciel. Il monte, et son diamètre diminue vite. En une minute, il devient un point perdu dans l'immensité orange.

Et puis, ce point disparaît.

* * *

Cormoran, assis avec son écran de sonivid sur les genoux, manipule les boutons pour diriger l'œil de l'insecte et affiner l'image.

À mesure que le ballon monte, la portion de territoire visible s'élargit sur l'écran. Le désert a l'air d'un parchemin déchiré entre les montagnes. Les sommets enneigés sont de belles étoiles blanches. Il doit y faire froid !

Puis les montagnes s'aplatissent, deviennent comme du tissu froissé avec des nervures comme celles des feuilles. Et toutes ces nervures, qui se subdivisent, sont d'autres vallées !

À travers le rectangle que couvre la caméra, il y a des centaines de nervures, si bien que j'ai du mal à repérer notre vallée.

Mais ce qui me fascine le plus, c'est de retrouver le lac derrière la palissade, un beau ruban qui reflète le ciel, avec des bords vert émeraude qui me font rêver à une piscine.

* * *

Ça fait une demi-heure que nous parcourons les images transmises par la caméra. Pas de ballon écrapouti dans le paysage. J'ai les yeux fatigués à force de fixer l'écran et je commence à voir double.

Pourtant, un ballon aussi grand, ça ne devrait pas être difficile à trouver !

Je fais quelques pas vers le lit sec de la rivière, clignant des yeux. Quand je reviens près du groupe, Paruline suggère qu'on se réserve chacun un quart du grand rectangle et qu'on note les formes qui nous paraissent bizarres.

J'ai le coin nord-ouest. Alors je scrute encore les nervures, qui sont en fait des ruisseaux qui se réunissent, qui descendent vers une nervure plus grosse…

— Dommage que notre satellite ne puisse pas filmer la surface ici ! que je dis en montrant le ciel.

Cormoran se frotte les yeux.

— Il est occupé à suivre l'*Albatros* et des astéroïdes. Il ne faut pas lui en demander trop.

Mon cerveau qui s'ennuie saute sur une autre idée.

— Comment il fait, le satellite, pour voir l'*Albatros* ?

Le grand vaisseau blanc a eu deux ans pour s'éloigner de Sérail.

— Il n'est pas encore sorti du système de Topaze. On peut le voir par la lumière infrarouge émise par les propulseurs.

— L'infrarouge, c'est la chaleur, hein ?

Une grande qualité de Cormoran, c'est qu'il est très, très patient avec moi. Il hoche la tête.

— Oui. On peut repérer une personne dans un milieu froid parce que son corps chaud émet des ondes, même dans l'obscurité.

Les mots « chaud » et « froid » dansent dans ma tête. Ils dansent de plus en plus vite sur l'étoile blanche au sommet d'une montagne… Et deux idées se cognent entre elles.

— Est-ce que le grand ballon garde la chaleur que le soleil lui envoie ?

— Oui, son matériau absorbe…

Là Cormoran arrête de parler. Ses yeux gris aluminium s'embrument, ce qui arrive quand il se concentre sur un problème.

D'un coup, il relève la tête, avec un sourire triomphal.

— Rose, t'es géniale ! Si je change la gamme de longueurs d'onde...

Et il se met à taper sur son écran pendant que je plane. Ça n'arrive pas souvent que quelqu'un me trouve géniale, et ça envoie un feu d'artifice dans mes neurones.

Moineau se penche sur l'écran, ses cheveux bruns retombant devant.

— Hé, les couleurs ont changé !

— On dirait une œuvre d'art abstrait, dit Paru.

— C'est la même carte, explique Cormoran, mais vue en thermographie. Ça va du violet pour le plus froid, au jaune pour le plus chaud.

Ces violets et rouges sont plus beaux que les gris et bruns fades des couleurs réelles. Je me concentre et cherche notre vallée. Tiens, le lac a une couleur violette très mignonne, parce que ses eaux sont froides. Les étoiles de neige aux sommets sont violettes aussi, encore plus froides, tandis que les flancs de montagne sont rose foncé. Et le sable du désert est d'un jaune-orange furieux.

— Le ballon va être plus chaud que son environnement, explique Cormoran.

— Il sera de quelle couleur, alors ? demande Paru.

Elle scrute déjà tous ces rouges qui, pour elle, portent plein de noms curieux : carmin, écarlate, rubis, vermillon…

Une poire jaune me saute en pleine face. Couchée sur le flanc rose foncé d'une montagne.

— Là ! disent trois voix en même temps.

Cormoran pitonne pour que notre caméra zoome sur la poire. Pas de doute, on reconnaît le grand ballon qui m'a montré le lac. C'est une enveloppe vide, étalée, que les vents adiabatiques ont poussée contre une arête rocheuse qui s'élève au sud-est de la mer de Sable.

— Ce n'est pas trop loin, dit l'Aiglon, excité. Seulement cinq kilomètres de la passe ! On pourrait aller le chercher demain.

— Pas si vite ! s'écrie Cormoran. Tu veux répéter l'expérience de Paloma ?

Ça, impossible de l'oublier. Le retour de l'équipe de récupération qui descendait l'Éventail, portant Paloma enrobée dans une bâche de plastique. Les funérailles, quand on croyait tous à son suicide et à sa faiblesse morale.

L'Aiglon non plus n'a pas oublié. Il croise ses bras, eux aussi tachetés de rousseur, sur sa poitrine. Un langage corporel qui, selon Tamarine, est un signe d'irritation et de fermeture.

— Mais non, pour qui tu me prends ? dit-il, d'un ton aigre. Je ne suis pas une Alouette !

Sa réponse égratigne Cormoran. Il relève la tête, ce qui dégage ses yeux intenses. Il pourrait dire mille trucs humiliants qui écraseraient l'Aiglon (à commencer que celui-ci porte bien mal son nom). Pétrel, son jumeau, ne s'en priverait pas.

Mais Cormoran ne dit rien. Ce n'est pas son genre de se moquer des autres. Il se contente de fixer l'Aiglon. Celui-ci finit par baisser les yeux, mais il garde les bras croisés.

« Pour démonter une dispute, il suffit souvent de laisser l'adversaire se dégonfler », avait dit Tamarine-la-si-fine.

Concentrés sur la saute d'humeur de l'Aiglon, nous avions cessé de regarder l'écran du sonivid, sauf Paruline.

— Qu'est-ce que c'est ça ? demande-t-elle.

Son index fuselé survole une rangée de points très bleus (donc froids) parmi le jaune orange du sable, dans le coin opposé de la carte, au nord-ouest. Moineau et Cormoran se penchent sur l'écran. L'Aiglon en oublie sa rancœur. Moi, je les ai déjà reconnus.

Ce sont les aiguilles de la ville enfouie, au nord du désert.

37

Impatience

Cormoran annonce notre découverte du ballon au souper. Pendant qu'il parle, je remarque les yeux de son père, deux billes noires brillant de fierté.

On mange avec appétit. Les conversations tournent autour de la piscine qu'on veut creuser. Junco la veut très profonde. Olivia dit non, car les jeunes enfants devraient pouvoir patauger sans risquer de s'y noyer. Il faut penser à la surveillance, pour que tous ne pigent pas (« ne pissent pas », a dit Junco) dans cette belle eau fraîche. Il faut bricoler une couverture pour limiter l'évaporation la nuit.

Bref, on ne manque pas de sujets. Jean propose qu'on déterre d'autres conduites d'eau de la ville (beaucoup avaient été fondues pour construire le

Théâtre) et qu'on les mette bout à bout, au cas où le boyau du ballon ne serait pas assez long. Olivia rappelle que les fabricants tournent au max pour produire les scaphandres en *chépasquoinium*. Plus le produit est complexe, plus ça demande du temps.

* * *

La suite se transporte à la salle de classe/réunion pendant que je ramasse les assiettes. Je me demande s'ils me laisseront y assister. Ma glissade avec Paru a ennuyé les membres du conseil qui n'approuvent pas ma désobéissance (« mon initiative », a adouci Olivia).

Et maintenant, voilà qu'une autre de mes idées folles a porté ses fruits !

Après avoir rangé la vaisselle sur le comptoir, je me glisse dans le bunker. Une odeur de plastique chaud taquine mes narines. Je gravis l'escalier vers l'étage.

Une dizaine de dos sont agglutinés devant la grande table. Cormoran, assis de côté, m'aperçoit.

Son visage s'éclaire et il me fait signe d'approcher. Il est vraiment épatant, ce gars ! Je comprends pourquoi Alouette-la-parfaite l'aime tant.

Évidemment, Papa et le grand Robert se retournent en entendant mes pas. Papa hausse un sourcil qui plisse son front d'un côté.

Toutes les capacités intellectuelles du Théâtre sont réunies ici : non seulement les membres du conseil et William, mais les trois sonivids (un tenu par mon père, un sur les genoux de Cormoran, le dernier, le gris argenté, sur la table). L'odeur de plastique chaud vient des nouvelles cartes en couleurs, fraîchement imprimées et collées au mur.

Je reconnais la poire jaune étalée sur une pente loin derrière le mont de l'Ours, mais c'est la rangée de « pylônes » (c'est le nom donné à ces aiguilles) qui intrigue les adultes.

Les doigts de Papa volent au-dessus de l'écran de son sonivid. Il refait des calculs.

— Ils sont trop loin, dit-il.

Personne ne commente cette réponse à une question sans doute posée avant mon arrivée. Les pylônes sont bien plus loin que le truc que Paloma a vu briller dans le désert (dans son journal, elle ne mentionne pas de pylônes). Et elle avait pris des jours à tirer sa lourde découverte vers notre vallée…

Robert Radisson fixe ce point, son regard tellement intense qu'il pourrait percer un trou dans le mur. Mais toute sa puissance mentale ne peut rien contre le fait que ces étranges pylônes, si froids au milieu du sable chaud, ces traces d'une ville étrangère, sont trop loin pour les atteindre sans scaphandre.

* * *

— Alors ? demande Paru quand je la rejoins, après le coucher des plus jeunes enfants. Qu'est-ce qu'ils ont dit pour le ballon ?

Cormoran s'est couché après la réunion, car cette journée a tapé dur sur son corps. Alors il n'y a que moi et mon cerveau pour transmettre le résumé à notre petit groupe, dans notre coin du Théâtre.

— Rien. Ils veulent attendre que les scaphandres soient prêts avant de se risquer pour le ballon.

Ça agace l'Aiglon.

— Mais on l'a vu, hein ? Il est tombé derrière le mont de l'Ours, ce n'est vraiment pas loin, on peut se rendre à pied !

Moineau hoche la tête. Lui aussi a hâte de se tremper dans l'eau. Bon, on a tous hâte.

Paru intervient.

— Mais non, tête folle ! La montgolfière est trop lourde pour qu'une seule personne la ramène.

Elle a vraiment du vocabulaire, Paruline ! Je note le mot qu'elle utilise à la place de « ballon », autrement je l'oublie. (C'est facile, je n'ai qu'à le répéter à voix basse en activant le médaillon ; plus tard, quand je dicte ma journée, ça me revient.)

— Imagine, traîner cette masse… continue-t-elle. Je ne prendrais pas ce risque.

— Mais le tissu est léger, non ? proteste l'Aiglon.

Junco, habitué à faire des bêtises avec Pétrel, se fait, pour une rare fois, la voix de la raison.

— Ouais, sauf qu'il y en a une grande quantité. Tu te souviens de nos séances de collage en dehors du Théâtre ? Alors il faut attendre pour notre piscine.

— Vous êtes tous aussi dégonflés que le ballon ! s'écrie l'Aiglon.

Junco revient vite à son état naturel.

— C'est toi le dégonflé, le Glon-Glon ! nargue-t-il.

Ça sent la bagarre sur le point d'éclater. L'Aiglon se relève à demi dans ses vêtements poussiéreux, ses poings serrés.

— Hé! intervient une voix grave. On peut pas roupiller en paix ici ?

M. Meadows, pieds nus, en pyjama couvert de losanges verts et jaunes, vient de faire son tour aux toilettes. Je connais bien cette étoffe, très douce, que les fabricants filaient au temps du dôme. Il n'en reste plus beaucoup, une autre gâterie pour rallumer le moral de nos chandelles éteintes.

En fin de journée, il est souvent hargneux. Paru s'empresse de calmer le jeu avec un sourire lumineux qui cache bien son agacement.

— D'accord, d'accord, on ne fera plus de bruit.

Le bougon lève le nez comme pour émettre une autre plainte puis, n'en trouvant pas, il s'éloigne vers sa loge, marmonnant des mots décousus.

On se part une partie de ballon-jambes, mais personne n'a le goût de jouer longtemps à seulement cinq. Après deux courtes parties, la fatigue nous disperse dans nos loges.

* * *

Quand je reviens des toilettes (en me bouchant le nez), je passe près du banc au centre de la scène, avec le pot de fleurs suspendu. La lumière des lampes du plafond éclaire une silhouette solitaire, assise, trop frêle pour être un des dépressifs. La touffe de cheveux orange me révèle de qui il s'agit.

L'Aiglon est assis, la tête penchée, les épaules basses, les bras appuyés sur ses genoux. Je commence à être habile pour décoder le langage du corps. Il a besoin de compagnie, ou bien il digère encore sa déception. Je m'approche.

— T'es pas couché ?

Il ne bouge pas d'un poil. Je n'ai sans doute pas trouvé la bonne phrase à dire. Nouvel essai.

— Ça va ? Écoute, pour tout à l'heure… Junco n'aurait pas dû te traiter de dégon…

Cette fois, j'obtiens une réaction, mais pas celle que j'espérais.

— Qu'est-ce que ça peut te faire ? Mêle-toi de tes affaires, la Rose piquante ! T'es bonne qu'à laver la vaisselle !

Ça, c'est un coup bas.

Avec mes études qui se cassent les dents contre le mur des maths, je sais bien que je ne pourrai faire, une fois adulte, que des travaux physiques : désherbage, cuisine, balayage.

Je voulais offrir à l'Aiglon un peu d'amitié, mais quand on m'insulte, je sors mes épines.

— T'as raison, le petit Aiglon, j'en ai rien à faire, de tes problèmes !

Puis je marche vers ma loge sans me retourner. C'est aussi pour cacher la pierre tombée dans mon estomac. Parce que, dès que j'ai brandi mes épines, je le regrette. Cormoran, lui, n'aurait pas agi ainsi envers l'Aiglon.

Mais je ne suis pas Cormoran-le-gentil. Je suis une Rose du désert, aux pétales durcis par le vent !

N'empêche que, quand je dicte cette journée au médaillon, il y a un petit regret qui gratte mes certitudes. Mais, avec mon cerveau capricieux, je l'oublie bien vite.

38

Validation

Mes belles certitudes s'écroulent le lendemain, lors de la collation du midi. À mesure que les gens prennent place, je me rends compte, bizarre effet de perception à l'envers, qu'il manque quelqu'un.

Je scrute les convives en servant les portions de gruau. Je cherche la pièce de puzzle qui manque…

— T'as vu l'Aiglon ? demande Paru.

Sa question en entraîne d'autres, qui déboulent comme une avalanche meurtrière. Ça, c'était un autre de mes scénarios-catastrophes, avant que la sécheresse n'éloigne les sommets enneigés.

— Il n'est pas de corvée aux composteurs ? demande Cormoran.

Pour répondre à sa question, il suffit de regarder la liste. Non, il devrait travailler dans les potagers déplacés devant le Théâtre. Or, Junco en revient et il n'a pas vu notre compagnon.

— Il doit pleurnicher aux toilettes, propose Moineau.

Non, l'Aiglon n'est pas aux toilettes : même d'ici, on verrait sa tête rousse dépasser des stalles.

Ma conversation épineuse de la veille frappe comme un boomerang. La réponse est claire comme une fissure dans le ciment.

— Je sais où il est parti !

Un peu comme Paloma avant lui, l'Aiglon est parti dans le désert. Il veut ramener le ballon. Par lui-même. Tout seul.

* * *

Les adultes assis aux tables voisines saisissent vite le problème. Tout le monde parle en même temps, sauf Nadine qui pleure à chaudes larmes.

— C'est de la folie ! rage notre chef.

— Quel idiot ! clame Moineau avec toute la subtilité d'un mur de béton.

William, assis devant son bol à moitié vide, ne bouge pas. (Jean vient de lui annoncer la nouvelle en langage des signes.) Cuillère inox à la main, il regarde droit devant lui, contemplant je ne sais quelle vision. Puis je fais deux plus deux : lui-même avait fugué plus tôt (avec le ballon) et il en avait payé le prix.

— L'Aiglon voulait peut-être se « valider », dit Cormoran, qui a plus de jugeotte que Moineau. Et puis, nous n'avons pas exactement été aimables avec lui !

La seule différence avec Paloma, c'est que l'Aiglon a de plus longues jambes. Ça ne va pas beaucoup l'aider quand la pression va chuter. Et le désert est immense ! Comment repérer un garçon roux entre cent mille dunes qui bougent ?

— Est-ce qu'il a une boussole ?

Nadine fait non de la tête. J'imagine que le soleil va guider l'Aiglon.

— Il faut étudier la carte, dit Olivia, montrant le bunker du bras.

Nous (Paru, Moineau, Junco et moi) cavalcadons plus vite que les adultes et fonçons dans la pièce. Moineau, dont le crâne épais a laissé s'infiltrer un atome ou deux de remords, tend un bras vers la carte.

— Regardez, dit-il. Si on grimpe l'Éventail, on marche vers l'est, en gardant le mont de l'Érable en vue...

Son ongle cerné de terre trace une ligne pardessus les dunes.

— Mais vous n'aurez pas le temps de le rattraper ! dit Paruline. Ça doit faire des heures qu'il est parti...

— Surtout que ça prend une éternité pour gravir l'Éventail, dis-je.

Mon aventure sur cette horrible pente m'en a appris long. Junco se tape les biceps.

— Nous sommes en forme, dit-il. Et on prendra chacun une bonbonne.

Bon, mon pédalage aura servi à quelque chose.

— Et un casque, dit Paru. Pour se parler.

Les gars, sûrs d'eux, dévalent l'escalier avec Paru au moment où le grand Robert et les autres le montent. Dans d'autres circonstances, la bousculade aurait été cocasse. Là, cramponnée à la rampe pour ne pas être emportée par le flot d'adultes énervés (dont Papa qui enguirlande notre chef), je les perds de vue.

Quand j'arrive aux tables, les gars ont déjà filé avec Paruline. Il ne reste que William, qui regarde droit devant lui, hanté par je ne sais quelles horreurs.

Je m'approche et murmure « désolée… », avant de me souvenir qu'il n'entend plus. Alors je le contourne, mes pensées retournées à leur désordre habituel.

Il pose une main sur mon bras.

Mais sans violence. Ses doigts plus légers que de la ouate. De l'autre main, il pointe le sonivid posé devant lui : une carte, avec un trajet en pointillés. Je grimace : son trajet ne passe pas par l'Éventail, et il est plus long ! Il a dû voir ma grimace, car il tape un autre avis.

* * *

Quand je sors, j'ai une meilleure idée de la marche à suivre. Au lieu de m'épuiser à grimper l'Éventail comme Junco et Moineau, je suis le tracé de William et traverse la brèche. Je contourne le mur du dôme vers le nord. Puis je monte le sentier escarpé du mont de l'Érable.

Je m'étais bien juré de ne jamais, au grand jamais, gravir cette montagne ! Mais voilà, je n'ai pas besoin de me rendre au sommet où attendent les corneilles. Et je me sens un peu responsable de cette action de l'Aiglon.

Et je ne me fatigue pas trop grâce à un autre conseil de William : deux tubes d'aluminium fêlés, rescapés du dôme détruit, me servent de cannes. Incroyable comme cela facilite mon effort ! Le poids de l'eau qui s'agite dans la bouteille attachée à ma ceinture accompagne mes pas.

Arrivée au cinquième coude du sentier, je profite de ma position en hauteur pour scruter le désert qui fuit loin, très loin.

L'air chaud tremble par-dessus les dunes, comme si elles étaient sous l'eau. Une de ces dunes brille trop… Je distingue un grand triangle argenté, avec un cerceau au sommet.

Le ballon ! Personne autour.

Comme il n'y a pas de vent, je repère les traces de pas sur les dunes, comme dans le conte du Prince au serpent. L'Aiglon a réussi à se rendre au ballon, qu'il a tiré vers la passe par l'anneau de la nacelle.

Mais il s'est arrêté en chemin.

Je retrouve ses traces sur une haute dune qui se hâte avec lenteur pour se déverser par le goulot. Au sommet de la courbe, se trouve un point noir, immobile.

J'ai débusqué l'Aiglon !

Mais pourquoi ne bouge-t-il pas ? Est-il mort ?

Non, l'air est encore respirable en après-midi. Mais si sec qu'il vole toute l'humidité de ma bouche. J'avale une gorgée d'eau qui goûte le plastique. Je la fais rouler sur ma langue, au point que presque rien ne tombe dans ma gorge.

Je me retiens pour ne pas en boire plus. L'Aiglon pourrait en avoir besoin. Il est le nord de ma boussole intérieure.

Je bifurque pour descendre le flanc de la montagne. Le sentiment d'urgence dans ma tête me fait hâter dans sa direction. Je dévale la pente avec mes cannes, la roche inégale menaçant mes chevilles à chaque pas, la bouteille d'eau tapant contre ma cuisse.

Mais qu'est-ce qu'il voulait tant prouver?

39

Le dernier paysage

Je progresse à petits pas vers la grande dune qui surplombe le paysage, en gardant un œil sur la teinte orange rouille du ciel. J'aurais dû prendre la montre de Paruline. Je compte le temps en gorgées d'eau de la gourde. Trois gorgées.

Ma langue colle à mon palais, mais je me retiens.

La Poire achève de traverser cette portion de ciel. Cette petite lune malformée et mal-aimée a l'air de vouloir devancer le soleil.

Le sable me freine, et mes genoux, fatigués d'avoir gravi le tiers du mont de l'Érable, grincent. Oui, j'aurais dû emmener quelqu'un d'autre avec moi. Mais William n'était pas en état et Paru était partie avec les gars.

Des idées noires tourbillonnent au-dessus de ma tête.

Et si l'Aiglon était déjà mort ? Une fois, un type avait mangé une collation empoisonnée (l'emballage traînait encore sur le site qu'il avait choisi). Depuis, Kim garde un œil jaloux sur les médicaments et il verrouille les trucs dangereux dans un coffre. Mais l'Aiglon est malin comme un renard...

Non ! Je ne veux pas qu'il soit catégorisé comme dépressif ou fragile. En marchant, je concocte dans ma tête un récit héroïque pour que l'Aiglon ne soit pas condamné à vivre sous le regard inquiet des habitants du Théâtre. (C'était la même raison qui avait poussé Alouette à cacher la tentative de Pétrel quand il avait touché l'artéfact, un détail juteux qu'elle nous a révélé plus tard.)

Et s'il s'était gravement blessé ? Je n'aurais pas la force de le traîner !

Parlant de muscles, les gars en mettent du temps pour arriver au sommet de l'Éventail ! Je jette un coup d'œil en direction de la passe.

Rien.

Enfin, je gravis la longue courbe de la dune où s'est assis mon « Renard », ses cheveux roux soulevés par la brise. Le froissement de sable sous mes semelles annonce ma présence.

Il se tourne avec des yeux arrondis. Évidemment, ça l'étonne de voir arriver la fille qui déteste les corvées (et les longues marches)! Il ouvre la bouche pour m'envoyer promener. Je prends l'offensive, mes épines dressées.

— T'as pas rapporté le ballon ?

Son poing s'abat, projetant un petit geyser de sable. Ses paumes sont rouges et crevassées d'avoir empoigné du *chépasquoinium*.

— Si tu veux le savoir, vous aviez raison ! dit-il. C'est trop lourd pour une personne.

— Mais tu as réussi à le tirer plus près.

Dans le ciel, la Poire a disparu derrière les montagnes. L'après-midi est avancé.

— Bon, dis-je, sur un ton enjoué. On reviendra demain avec les copains !

Problème résolu ! Je fais un pas pour descendre la grande vague de sable vers la passe. Deux pas.

Pas de bruit de sable derrière moi. Je me retourne. L'Aiglon n'a pas remué.

— Tu viens ?

Il suit des yeux les nuages qui dérivent comme de longs cheveux ondulés. J'attends.

Toujours rien.

J'aime le silence, mais pas après une question que j'ai posée !

— Je reste ici, dit-il.

Un vent glacé souffle entre mes oreilles et me gèle le cerveau.

J'avais cru qu'il se reposait de son effort. Je regarde à nouveau la passe, espérant voir poindre les têtes de Moineau et Junco ou Paru. Je suis certaine qu'ensemble, on pourrait le raisonner, ou le forcer à nous suivre.

Mais ils n'arrivent toujours pas.

L'Aiglon s'est creusé un fauteuil confortable dans le sable. Comme un trône, duquel il contemple la vallée au-delà de la passe. (Ça, c'est l'influence d'Alouette, avec ses descriptions fleuries du paysage vu depuis le sommet de l'Éventail !)

On ne voit pas le Théâtre ni le grand cercle du mur, à cause de l'angle, mais nos terrasses découpent les pentes en escalier. Et, droit devant, la vallée de l'Entonnoir, cernée par des flancs de montagne qui pâlissent à mesure qu'ils s'éloignent vers la mer.

C'est vrai que c'est un paysage magnifique. « Poétique », dirait Paruline. Un paysage qu'un désespéré pourrait admirer dans ses dernières minutes de vie...

Bref : trouver l'Aiglon ne règle qu'une partie du problème. Encore faut-il le convaincre de me suivre en sécurité.

Alors je m'assois près de lui.

À côté, mais pas collée, hein ? Histoire qu'il ne se fasse pas d'idées.

— C'est quoi ton problème ?

Admirez ici ma fine psychologie. Mais je ne suis pas Tamarine ou Olivia.

— Et toi, la Rose pleine d'épines ? Tu penses que t'es mieux ?

Là il répond par une question, ce qui m'agace autant que son silence. Par chance, c'est une question à laquelle je suis parfaitement capable de répondre.

— Ça dépend mieux que qui. Mieux que Paloma ou qu'Alouette ? Mieux que Paruline ? Mieux que la rose du Prince du désert ?

Aucune réaction.

L'Aiglon garde les yeux sur ce paysage qui pourrait être son dernier. Je retire une bottine pour évacuer le sable qui s'y est infiltré. Je répète l'opération avec mon bas, puis je déloge les grains pris entre mes orteils. Je me sens comme un de ces grains de sable qui disparaissent dès qu'ils tombent parmi les autres.

Ordinaire.

— Je sais bien que je ne suis pas mieux qu'elles, dis-je, en agitant mes orteils. Je n'ai pas de talents.

— Ouais, tu en as un : tu repousses tout le monde !

Sa réaction hargneuse aurait dû me fâcher, mais mon cerveau s'est calé en mode « apprivoiser ».

Patience. Je vide le sable de mon autre bottine et retire mon bas. J'agite mes orteils libres et heureux pour masquer à quel point je suis nerveuse. Toujours personne en vue.

— Eh bien, oui ! J'ai des épines. Et je les garde. Mais toi, tu as du talent, l'Aiglon.

Il a ramené ses genoux près de lui et y appuie ses avant-bras couverts d'égratignures. Je me souviens de ma bonne intention et lui tends ma bouteille. Il la repousse.

Je prends une gorgée de fourmi qui finit sur ma langue.

— J'ai pas d'avenir !

Même si je me répète tout le temps la même chose, je prends la position opposée.

— Mais si ! Et puis, tu vas te marier avec une fille, et avoir tes enfants…

Sa tête s'enfonce entre ses bras.

— Je… je ne sais pas, dit-il, sa voix assourdie par son gilet.

J'ai envie de bondir. Qu'est-ce qu'il ne sait pas ?

Je revois Olivia, silencieuse pendant que je désherbais les petits potagers. Je me retiens. Les secondes passent, remplies par le crissement du sable qui dévale la dune.

Quand je comprends qu'il ne touchera pas à ce silence, je compte encore cinq secondes. Et je parle, lentement.

— Tu ne sais pas quoi ?

Une autre pause qui me gratte les nerfs. Qu'il coupe.

— Si je veux me-marier-et-les-enfants.

Comme je le comprends ! Amener une nouvelle génération dans ce monde pourri ne me fascine pas non plus. Ah, si Paru arrivait ! Ses cheveux d'or me donnent une idée.

— Est-ce que tu es amoureux ?

— Oui...

Il pousse un soupir. Victoire ! J'entrevois une sortie de ce labyrinthe... que ses mots suivants referment.

— Mais il ne m'aimera jamais, finit-il.

40

Apprivoiser le Renard

Il : cette syllabe solitaire change l'engrenage de mon cerveau.

Un tas de trucs pigés au hasard des archives historiques me reviennent. Les humains sont variés, disait un commentateur, et il existe beaucoup de modèles de famille.

Sauf que les gouvernements et les corporations qui financent la colonisation choisissent des couples capables de faire des enfants.

Alors les couples de même sexe, ou les indifférents comme moi, ne font pas leur affaire. À plusieurs époques, les gens avec une sexualité hors norme étaient pourchassés par des dirigeants qui voyaient dans leur existence une menace à leur autorité.

Voilà ce qui rongeait l'Aiglon par en dedans !

Son problème à lui et le mien se ressemblent. Moi, je n'ai aucune attirance envers qui que ce soit. J'ai vu assez d'histoires de pressage de lèvres pour m'en rendre compte.

— Et est-ce que tu lui as parlé ?

L'Aiglon se raidit, ses talons repoussent des grains de sable qui roulent plus bas.

— Non ! Et je ne veux pas qu'il le sache !

— Tu as peur qu'il soit fâché ? Qui sait, peut-être qu'il est comme toi, hein ?

Il passe une main dans ses cheveux roux.

— Ça m'étonnerait.

Quand il me regarde, la misère dans son regard me transperce.

— Il est amoureux de Paruline.

Mon cerveau a un hoquet en assimilant tout ça, et je bafouille.

— Ah. Ouais. Écoute. Je… je comprends.

Un ricanement amer.

— Et toi, la Rose aux épines ? Est-ce que tu aimes les filles ?

Moment de silence pendant que mon cerveau repasse en accéléré mes corvées avec Paruline, notre exploit récent. J'ai appris à l'apprécier. Avant, j'admirais sa taille, ses cheveux de princesse, mais avec plus d'envie que de « désir ».

— Non, Aiglon. Tu sais, je pense que je n'ai pas d'attirance pour personne.

Il ne répond pas. Je me demande si je l'ai blessé. Alors je fonce.

— Enfin, je veux dire que j'ai de l'amitié pour toi et les autres. Mais pour… euh, la mécanique, la grosse passion comme dans les drames du sonivid, eh bien… (je hausse les épaules) rien. Je n'ai aucune envie de me marier plus tard.

Il s'étire le cou pour suivre un cirrus qui ressemble à un cheval qui galope.

— C'est fou. Je croyais que tu aimais Paloma.

Ah, la plus-que-parfaite !

— Ouais, j'aimais Paloma, mais surtout pour être amie avec !

J'ai tant de fois imaginé rire aux éclats avec Paloma, regarder des drames du sonivid, couchées côte à côte, se confier des secrets, marcher ensemble jusqu'au cratère... Il y avait cette complicité que je lui enviais, entre elle et Alouette.

C'est difficile à expliquer, la différence entre amitié et amour. Et toutes les sortes d'amour : dans une famille, entre amis, entre soldats prêts à mourir pour une cause (j'ai écouté des milliers de drames historiques).

La brise remue les grains de sable.

Le sable me rappelle l'histoire du Prince au serpent, solidifiée comme du béton dans mon cerveau long terme. Selon les archives, le Prince veut être ami avec un renard qu'il rencontre dans ses voyages.

Le renard du conte, lui, est sauvage. *Tu es semblable à cent mille petits garçons*, qu'il répond. (Ah ouais, un animal qui parle, super original !) Néanmoins, avec de la patience et du temps, le garçon pourrait apprivoiser le renard. Et alors...

Arrive ce moment, magnifique : *Pour moi, tu seras un petit garçon unique au monde. Et je serai unique à tes yeux.*

Je ne suis pas tout à fait sûre des archives, qui sont vieilles et abîmées, mais ce mot, « unique », dégoupille un feu d'artifice dans ma tête. Mes mots sortent, par petites salves.

— Écoute, je me sens pas mal différente. De tout le monde. Comme toi. Mais tu es unique.

J'écarte mes bras, le vent souffle sur tous les petits poils.

— Il n'y a personne sur cette grosse balle et ailleurs qui te ressemble. Mais ici, on n'a que les uns et les autres !

Le vent souffle plus fort, et les beaux cirrus se désagrègent.

— Et puis, pense à cette ville là-bas, sous le sable.

Je me lève et tends la main au Renard.

— Eh bien, je veux la découvrir avec toi, cette ville du désert !

Je ne sais pas si c'est l'histoire du Prince au serpent qui lui revient, mais l'Aiglon attrape ma main. À ce moment, un carillon monte de la vallée, répété par les montagnes. Le signal de clôture.

41

L'Éventail

Je ne veux pas stresser mon Renard à peine apprivoisé, mais je me hâte vers la passe. Quelqu'un qui nous verrait de loin imaginerait des amoureux courant main dans la main, leurs pas soulevant des nuages de poussière.

Mais c'est trompeur. La sueur coule entre nos paumes pressées l'une contre l'autre. Chaque pas dans le désert grignote mon énergie. Le vent chargé de sable crépite dans mon dos. Évidemment, j'ai oublié mes cannes près du « trône » de l'Aiglon sur la dune. Tant pis.

Le sol durcit sous mes bottines. Nous arrivons à la passe de l'Éventail, ce goulot duquel le sable se déverse dans la vallée. Je regarde vers le bas.

Junco, Moineau et Paru sont des taches près de la brèche dans le mur du dôme. Ils ont été plus lents qu'ils le pensaient ; le signal du Rideau a dû les surprendre à mi-hauteur de l'Éventail. À regret, ils ont fait demi-tour.

De notre hauteur, je peux voir la file de gens qui se hâtent sur l'avenue du centre, vers le Théâtre. Il n'y a plus personne dans les terrasses cultivées. Ça veut dire que le signal qu'on a entendu était le deuxième avertissement.

Je me tourne vers l'Aiglon. Il claque des dents. En fait, tout son corps tremble, comme une réaction à retardement. Je lui tends ma gourde presque vide. Cette fois, il accepte.

— On n'arrivera jamais, dit-il, en me rendant le contenant (il m'a laissé une gorgée, que je ne gaspille pas).

Sérieusement, je regrette de ne pas avoir des skis ou le sac de Binti pour glisser dessus, mais on fait avec ce qu'on a : nos jambes.

Je tasse mon pessimisme dans un tiroir au fond de mon cerveau.

— Si, on peut, que je dis. Mais il faut se tenir la main.

J'ai un vif souvenir d'Alouette qui dévalait cette même pente. Elle, elle croyait qu'on ne la voyait pas, mais le haut de l'Éventail est visible depuis la scène. Nous avions suivi sa course malade jusqu'à ce que le mur nous la cache.

J'attrape la main moite de l'Aiglon, la lâche, frotte ma paume sur mon pantalon. Lui fait de même. On se reprend.

Puis on se lance en avant comme des amoureux dans un drame qui finit mal.

* * *

L'Aiglon ajuste ses grandes enjambées aux miennes. On fait des bonds comme ces astronautes sur la vieille Lune des archives. Et la poussière derrière nous forme un nuage que le vent nous souffle dessus, joie !

Je cours à une vitesse si folle que trébucher pourrait m'envoyer rouler, martelée par la rocaille, jusqu'en bas.

Mais à deux, c'est fantastique, on se garde debout !

Je vais si vite que, rendue au bas de la pente pleine de sable, je ne m'arrête pas. L'Aiglon non plus. C'est lui qui me tire en avant. Nous courons par-dessus les argiles craquelées comme sur un plat huileux.

Mes pieds sont en feu, mon cœur bat à 100 décibels dans mes oreilles : potom ! potom ! potom! Le troisième carillon résonne. Traverser le grand cercle du dôme et arriver au Théâtre à temps va être difficile.

Je crache des « ahans ! » de plus en plus bruyants. Le vent du soir souffle son haleine de poussière qui décape l'intérieur de ma gorge. Quand on grimpe enfin, après une éternité, le talus qui passe la brèche du mur, mes genoux me supplient d'arrêter. Mais non, les genoux, je ne peux pas !

— Par ici, par ici ! crient des voix devant nous.

Au sommet du talus, Moineau et Junco nous font de grands signes. Ils se tiennent près d'un chariot de collecte d'eau, vide. J'ai dépensé toute mon énergie, mais il en reste une goutte.

— Montez !

L'Aiglon veut protester, mais il trébuche. Junco le soulève par les aisselles pour le déposer dedans.

Moineau m'attrape dans ses bras d'Hercule et me jette près du Renard.

— Désolé, dit Moineau en attrapant une branche du chariot. On a été retardés pour emprunter votre « carrosse ».

— Paru a promis à not'chef qu'on reviendrait vite, ajoute Junco.

Je suis émue qu'ils aient pris ce risque.

Les roues du « carrosse » (un mot de conte de fées, surprenant venant de Moineau) grincent, puis tournent à une vitesse folle en dévalant le talus.

Les deux garçons courent, chacun au même rythme, « en résonance » comme le dirait Cormoran. La route est bien entretenue, mais la vitesse rend chaque caillou énorme, chaque choc sous les roues nous secoue comme des bidons. J'agrippe le rebord d'une main et la taille de l'Aiglon de l'autre.

Pour un temps, seuls comptent le son mat des bottines frappant le sol, le hurlement du vent qui fouette nos visages, le grincement des roues sollicitées, le souffle court des garçons qui se sauvent et nous sauvent.

La pression qui baisse bourdonne méchamment dans mes oreilles. J'avale ma salive pour équilibrer mes tympans, mais le soulagement n'est que passager. La pression de l'air va continuer de baisser.

Ni Moineau ni Junco ne ralentissent. Chacun tient une bonbonne grosse comme une éprouvette du bunker, qu'ils portent parfois à leurs lèvres, en guidant leur branche d'une seule main. Assise sur mon arrière-train douloureux, je ne peux pas voir leurs visages, mais je devine qu'ils sont rouges d'effort. Le sable rentre dans nos bouches en respirant.

Mais par chance, « l'inertie » du roulement nous aide, au point que nous arrivons sur l'avenue Toronto en deux temps trois mouvements. Je reconnais les taches rouges et jaunes des tulipes que M. Meadows a plantées un peu partout.

Si j'avais été à pied, je n'aurais jamais pu courir cette distance, même sans m'être époumonée dans le désert.

Je n'ose regarder devant nous. J'ai trop peur de voir le Rideau se refermer. J'ai encore en tête ce cauchemar, le malheureux Daniel qui court vers le

Théâtre, trop loin, et tout le monde qui se pressait les oreilles tellement ça faisait mal…

L'Aiglon pousse un cri étranglé (par le sable qu'on avale en parlant). Il commence à se démener pour sauter par-dessus le garde-fou.

— Laissez-moi, mais laissez-moi tomber ! crie-t-il.

Une image frappe un neurone dans ma tête : des naufragés qui se jettent à l'eau pour alléger une chaloupe et sauver les autres. Je ne me rappelle pas le titre du drame historique, mais ma main jaillit toute seule et agrippe le bras maigre du Renard.

— On rentre tous, ensemble ! que je crie.

Puis je suis occupée à tousser à cause de tous ces grains de sable dans ma gorge et à retenir l'Aiglon qui veut se sacrifier. Je l'entoure de mes bras et le tire, dos à moi pour l'empêcher de filer. J'ai la face dans ses cheveux fins qui me chatouillent les narines.

Par chance, mon compagnon s'essouffle, surtout qu'il avale plus de sable en me résistant. Il se tord, mais comme je le tiens fort, il cesse de s'agiter.

Du gazon jaune file sous les roues. On approche du Théâtre. Alors, forcément, je regarde devant à mon tour.

* * *

Oh là là un : on a retiré la passerelle qui enjambe le fossé.

Oh là là deux : les pans du Rideau se sont déjà rejoints au sommet, ce qui fait que l'ouverture est un grand triangle qui rétrécit.

J'ai à peine le temps de noter cette observation géométrique que, comme dans un drame, les gars et le chariot sautent par-dessus le fossé.

Enfin, presque. Les roues arrière s'y coincent.

Le choc nous fait basculer par-devant. Mon nez cogne contre la tête de l'Aiglon qui fait « ouf ! », car le rebord le plie en deux. Le chariot sur lequel nous gisons s'incline vers l'arrière.

Paru bat les bras, sa bouche ouverte, mais son cri se perd parmi les autres.

Tout me frappe comme au ralenti : les cris discordants d'une centaine de gorges, les odeurs du souper en train de cuire, notre grand chef qui accourt, le liquide chaud sur mes lèvres.

Lever les yeux me donne une vue imprenable sur la tranche de Rideau luisante de glu qui a hâte d'embrasser son autre moitié pour la nuit.

Avec nous dans le chemin.

* * *

Dix, vingt mains saisissent les branches du chariot là où Moineau et Junco ne les tiennent pas déjà. Paruline tire sur le rebord, son visage rouge d'effort, ses cheveux en désordre. Leur effort explose en un « han ! » collectif qui remplit tout le Théâtre.

Une secousse rectifie notre plancher, les roues arrière sortent du fossé.

L'élan nous projette à l'intérieur, si vite que Moineau, Junco et les autres se heurtent presque aux portes des loges.

Le « presque » veut dire qu'ils freinent le chariot à temps. Sauf que, comme l'Aiglon et moi agrippions le bord pour ne pas tomber en arrière, l'arrêt nous fait débouler par-dessus. Nous nous écrasons en un tas inégal pile sur un des anciens carrés de potager fraîchement cimentés.

Sur lequel une goutte bien rouge s'arrondit, puis une deuxième. Plic ! plic !

Une lumière orangée tombe d'un coup : les moitiés du Rideau viennent de se recoller.

Je suis « percluse de douleur » (ça, c'étaient les mots de Paruline après sa première corvée de composteur) et je saigne du nez. Mais surtout, j'ai le cœur qui se débat d'être passée si proche de manquer une tombée de Rideau.

Après trois potom ! potom !, des bras me relèvent. Je m'attends au pire. C'est la deuxième fois que j'inquiète tout le monde à une clôture.

Mais Maman m'enveloppe avant que le grand Robert, qui a aidé à tirer ce chariot, ne vienne m'enguirlander.

Du coin de l'œil, j'aperçois Nadine qui pleure et pleure tout le sel qu'elle a dans le corps sur l'épaule de son Aiglon qui a failli y rester.

Notre chef ordonne de repousser le chariot derrière la rangée de toilettes. Jean s'avance pour l'aider, mais William l'arrête et tape sur son écran.

Jean fait un « ah ! » de compréhension. Il boitille vers Maman et moi, avec le sonivid.

Sur l'écran, William a tracé ces mots.

TU AS BIEN FAIT.

42

Plonger vers le futur

Bon, je passe sur l'Expédition avec un grand E qui a permis à l'équipe de Binti (cinq adultes, plus Junco et Moineau) de se rendre au ballon et de le ramener.

Pour une fois, notre chef a été sage, lui qui brûlait de les accompagner. Olivia a mis son pied à terre.

Par prudence, Binti portait sur elle boussole, cannette d'eau et deux petites bonbonnes d'air pour éviter tout accident lié à l'« anoxie », un mot qui ressemble à « anorexie », mais avec l'oxygène à la place du gras.

Comme l'Aiglon avait déjà rapproché le ballon, l'excursion de récupération s'est déroulée sans drame ; deux heures avant le premier signal de clôture du Rideau, tous étaient redescendus avec l'enveloppe roulée en saucisse. Le tissu avait été déchiré par les angles des rochers, mais il pouvait encore servir.

Le lendemain, Paruline et moi sommes montées avec l'Aiglon au sommet du mont de l'Érable. Mes jambes douloureuses les retardaient, mais avec l'aide des tubes d'aluminium fêlés que l'Expédition a gentiment rapportés, j'y suis parvenue.

J'ai cherché les aiguilles, mais un film de poussières rendait l'horizon nord très flou. La ville gardera son mystère, mais ce n'est que partie remise quand on aura fabriqué les scaphandres… et, qui sait, plus tard, un autre ballon ?

Nous sommes restés des heures là-haut, à suivre des yeux la ligne des dunes. Et à parler, pour démêler nos sentiments pleins de nœuds.

* * *

Les jours suivants ont filé assez vite.

Les morceaux intacts du ballon ont été divisés, puis refermés en tube et reliés aux conduites récupérées. William et Jean ont fabriqué les valves qui contrôleront le flot (le « débit », dit Jean). La valve en haut des éboulis sera contrôlée par radio (non mais, on ne va pas envoyer quelqu'un fermer le robinet là-haut !).

Une deuxième valve, en amont de la future piscine, alimentera un immense baril d'eau potable, qui sera plus facile d'accès que les lointaines corneilles.

Pendant l'assemblage du boyau, Junco, Moineau, l'Aiglon et moi creusons dans l'herbe jaunie un grand trou ovale, une cuvette juste assez profonde pour avoir de l'eau à mon cou. Ce qui est, je l'avoue, une joyeuse corvée, mais mon dos n'est pas d'accord.

Je me redresse un moment pour scruter le lit crevassé de la rivière. J'aurais voulu avoir notre piscine près du Théâtre, mais le boyau ne sera pas si long ! Alors on a choisi un site entre le mur externe et la rivière, loin de la rangée de composteurs odorants ! (Et la piscine sera plus facile à remplir avec l'eau de la rivière, si les pluies reviennent.)

— Ça va, Rose ? demande Moineau.

Je hoche la tête. D'un coup, je me rends compte qu'il a cessé de m'appeler « miss Tic-Tac-Toe ».

Une fois notre cuvette creusée, on y coule du béton pour faire le moule. Binti a encore insisté qu'on prenne du sable de qualité-sans-plomb-sans-arsenic (soupir), et on s'est tapés, à nouveau, une expédition en amont de la rivière (re-soupir).

Ce qui a changé, c'est que les gars ont bricolé un traîneau pour faciliter la descente du chargement de sable sur le lit de la rivière.

— Comme quoi une bonne idée n'est jamais perdue, avait dit Paruline en me donnant une bourrade amicale.

* * *

La piscine terminée est magnifique, longue comme huit personnes couchées bout à bout, large comme trois, avec des coins arrondis. Elle a une plateforme autour pour permettre à des baigneurs de s'étendre.

À la tête, là où l'eau sera plus profonde, se trouve un siège pour la personne qui surveillera les baigneurs, une nouvelle corvée que, cette fois, les dépressifs s'arrachent...

Le béton au fond est blanc (à cause du fameux «quartz» de Binti). Sur le rebord, on a tracé des motifs en forme de fleur, que les enfants ont peints. J'ai eu le plaisir de superviser cette agréable tâche, et même Pinson s'y est appliqué avec entrain, respectant les bordures blanches. Ça donne un fouillis de peinture rouge, verte et bleue.

Le plancher de la piscine s'enfonce en une pente douce, striée de barres en diagonales pour éviter que quelqu'un glisse.

On ne sait pas encore combien de temps on gardera cette eau propre après les baignades (un problème qui ne se posait pas avec la rivière). M. Meadows, consulté, propose une solution : une troisième valve ira collecter les eaux sales de la piscine pour les plantes.

* * *

Le béton prend son temps pour sécher, plusieurs jours, à cause d'une réaction chimique obscure appelée « hydratation ». Enfin, en attendant, Paru et moi avons eu l'honneur de guider l'équipe du raccordement au lac.

Le grand Robert pensait au départ faire exploser les éboulis qui bloquaient l'eau, mais si on vide d'un coup ce lac lentement nourri de neige fondante, rien ne nous dit quand il pleuvra à nouveau pour le reconstituer.

(Ce super raisonnement est une gracieuseté de Binti.)

Donc, on déroule à mesure le long serpent en *chépasquoinium* mêlé de fibres plastique, large comme mon poignet. Ça me semble étroit, mais Papa me dit que l'eau y coulera sans problème.

Évidemment, à la vue du grand lac et de son reflet de montagnes à l'envers, les adultes ne résistent pas à l'envie de jeter leurs vêtements pour se saucer dans « l'onde » (un beau mot de Paruline).

Oh là là ! On dirait une bande d'enfants au bord de la rivière, qui s'éclaboussent en riant ! Pour la première fois depuis deux ans, le grand Robert s'immerge avec délice dans l'eau verte.

Cette fois, Paruline et moi surveillons l'heure. Ça me fait un petit velours de siffler la fin de la récréation.

* * *

Le boyau est prêt, bien raccordé à un trou dans le béton de la piscine (et protégé sous une mince couche de rocaille pour qu'on ne l'abîme pas).

Campé sur le rebord opposé, Robert Radisson a l'air d'un gros bonbon dans un maillot à rayures blanches et rouges qui descend aux genoux, comme dans les archives historiques. Les autres ont enfilé des shorts et des gilets sans manches.

Notre chef s'assoit sur le siège de surveillance qui grince. Il tape du doigt l'écran de son sonivid. La commande pour ouvrir le « robinet » sous le lac.

Je me tiens, très fière dans un nouveau maillot de bain noir produit par les fabricants (qui sont vraiment efficaces pour faire des vêtements avec les retailles de ballon). Paruline, elle, porte son maillot du temps du dôme parce qu'elle a grandi sans prendre beaucoup de volume. L'Aiglon et les autres piaffent d'impatience, mais Marisol menace des pires sanctions celui qui pissera dans l'eau...

Toute la population du Théâtre (sauf les voyageurs, qui vont avoir toute une surprise à leur retour) se tient en un grand demi-cercle autour.

Et... il ne se passe rien.

— Ben quoi ? demande Moineau.

— T'es impatient ! dit Binti. L'eau a des kilomètres à parcourir !

Alors on attend. Mes orteils grattent le béton tout frais.

Et, pendant qu'on se trémousse, le tuyau lié à l'orifice du boyau pousse un grand râle. Tous les murmures s'éteignent. Puis arrive ce bruit, inespéré, un glouglou délicieux.

Et un arc de diamant liquide jaillit du robinet et tombe sur le béton.

* * *

Mes parents ont disposé des collations-biscuits sur une grande table pour nous faire patienter. Maman discute avec Loren, qui n'a pas décidé encore si elle reprendrait la vie commune avec son mari, William.

Cela prend plus d'une heure pour remplir la piscine d'une belle eau couleur émeraude. Les enfants trépignent devant la partie peu profonde, mais Junco assure la discipline. La piscine n'est pas assez grande pour contenir tout ce beau monde, donc on fera des rotations.

On a fermé le robinet.

L'eau reflue vers la conduite qui mène au grand baril d'eau potable. Papa pourra déplacer ce réservoir plus près du Théâtre, quand les fabricants auront produit plus de boyau en *chépasquoinium*.

Personne ne rouspète quand Robert Radisson nous offre, à Paru et moi, l'honneur d'inaugurer la piscine.

Personne n'a rouspété non plus quand Moineau et Junco ont testé sur la pente de l'Éventail le premier traîneau de plastique (des rebuts recyclés cent fois) sorti de leur atelier improvisé.

Je prends la main droite de Paruline. L'Aiglon et Cormoran sont à l'honneur eux aussi, à la gauche de Paru.

Et j'attrape une main, plus maganée.

William, l'ingénieur de ce projet, veut reculer, mais Jean attrape son autre main. Binti, elle, enlace la taille de son mari qui ne boîte plus. En face de nous, le grand Robert se mordille les lèvres, mais après un regard d'Olivia (qui se baignera plus tard, dans le calme), il hoche la tête.

En tenant sa main, on dit à William qu'on ne le laissera pas tomber alors qu'il répare, peu à peu, ses torts. On ne l'abandonnera pas. Et, dans ma tête, c'est pareil pour l'Aiglon. Et Paru. Et les chandelles que je veux rallumer.

L'eau verte miroite comme une promesse.

Des fois dans la vie, il faut faire confiance.

Et sauter en avant.

À PROPOS DE L'AUTEURE

Michèle Laframboise saupoudre du café moulu dans son jardin, court des demi-marathons et écrit à temps plein.

Fascinée par la nature depuis qu'elle sait marcher, elle puise dans sa formation scientifique pour créer des intrigues captivantes se déroulant dans des mondes empreints de poésie.

Cette auteure franco-ontarienne a publié dix-neuf romans, dont le roman d'anticipation sociale *Le projet Ithuriel* (Éditions David), qui court sur les pas d'une fillette-cobaye en fuite dans une ville ravagée par l'ère néocapitaliste. Son second roman chez David, *Le secret de Paloma*, aborde la santé mentale, l'amitié et le pardon parmi des jeunes coincés en mode survie dans un monde hostile.

Sa série *La quête de Chaaas*, qui suit le parcours d'un adolescent dans une civilisation de super-jardiniers, est l'un de ses univers de SF les plus aboutis, qui a récemment donné le roman graphique *Maîtresse des vents* (Échofictions).

Michèle a également publié plus de 70 nouvelles dans les revues *Solaris*, *Galaxies*, *Géante Rouge*, *Brins d'éternité*, *Virages* et, en anglais, *Asimov's*, *Analog*, *FutureSF*, *Fiction River*, *Abyss&Apex*. Alliant inventivité, rigueur et humour, sa science-fiction a été couronnée tant au Canada qu'en Europe.

En plus d'écrire et de dessiner, Michèle anime des ateliers littéraires en milieu scolaire et gère sa propre maison d'édition indépendante, Échofictions. Elle réalise aussi des bandes dessinées d'humour sur son blogue de la Savante folle.

Elle réside à Mississauga, en Ontario.

Table des matières

1. Drama queen 11
2. Ma cervelle d'oiseau 23
3. Les voyageurs du temps 31
4. Faire équipe avec Paruline 40
5. Les chandelles éteintes 49
6. Arracher en douceur les mauvaises herbes 55
7. Répit et dépit 67
8. L'occasion fait le larron 76
9. Une flaque de boue 88
10. Le Renard roux 99
11. Pédaler de l'air 104
12. Colle dangereuse 108
13. Retardataire 115
14. Paruline-la-pas-fine 121
15. Le ballon 126
16. Ces rêves interrompus vus de haut 136
17. Ce qui sort de la mer de Sable 144
18. Ce qui se cache derrière les montagnes 146
19. La coquette 149
20. Dispute 158
21. Rêves de piscine 163

22. Double disparition..170
23. Colère..177
24. Surprise au crépuscule..182
25. Le prix payé..190
26. Au petit matin..195
27. Le fantastique voyage du pelucheur..202
28. Prendre racine..210
29. La quête du sable..221
30. Opération piscine..230
31. L'eau émeraude..239
32. Glissade..248
33. Feu d'artifices..261
34. Le projet de la nouvelle génération..270
35. La peine d'un autre..277
36. Monte, monte, petit ballon..283
37. Impatience..293
38. Validation..302
39. Le dernier paysage..310
40. Apprivoiser le Renard..318
41. L'Éventail..323
42. Plonger vers le futur..334

À propos de l'auteure..345

COLLECTION 14/18

BÉLANGER, Pierre-Luc

24 heures de liberté, 2013.
Ski, Blanche et avalanche, 2015.
Disparue chez les Mayas, 2017.
L'Odyssée des neiges, 2018.
Dany à la dérive, 2021.
Prise Deux, 2023.

CANCIANI, Katia

178 secondes, 2015.

DUBOIS, Gilles

Nanuktalva, 2016.

FORAND, Claude

Ainsi parle le Saigneur, 2021 [2007].
On fait quoi avec le cadavre ? (nouvelles), 2009.
Un moine trop bavard, 2011.
Le député décapité, 2014.
Cadavres à la sauce chinoise, 2016.
Le pire vampire, 2019.

LAFRAMBOISE, Michèle

Le projet Ithuriel, 2012.
Le secret de Paloma, 2021.
Rose du désert, 2023.

LAHAIE, Claudia

Les voies du slam, 2022.

LAROCQUE, Jean-Claude et Denis SAUVÉ

Étienne Brûlé. Le fils de Champlain (Tome 1), 2010.
Étienne Brûlé. Le fils des Hurons (Tome 2), 2010.
Étienne Brûlé. Le fils sacrifié (Tome 3), 2011.
John et le Règlement 17, 2014.

MALLET-PARENT, Jocelyne

Le silence de la Restigouche, 2014.

MARCHAND, Micheline

Perdue au bord de la baie d'Hudson, 2020.

Marchildon, Daniel

La première guerre de Toronto, 2010.
Otages de la nature, 2018.
Les guerriers de l'eau, 2021.

Matteau, Michèle

Entre ici et là-bas, 2019.

Muir, Mathieu

L'ère de l'Expansion, 2019.
Les héritiers de l'Expansion, 2021.

Olsen, Karen

Élise et Beethoven, 2014.
La rançon d'Atahualpa, 2018.

Pailhous, Maïlys

L'épopée de Lô. 1. Le plus grand des voleurs, 2022.

Périès, Didier

Mystères à Natagamau. Opération Clandestino, 2013.
Mystères à Natagamau. Le secret du borgne, 2016.
Mystères à Natagamau. Sur la voie du sang, 2019.

Renaud, Jean-Baptiste

Les orphelins. Rémi et Luc-John (Tome 1), 2014.
Les orphelins. Rémi à la guerre (Tome 2), 2015.

Royer, Louise

iPod et minijupe au 18e siècle, 2011.
Culotte et redingote au 21e siècle, 2012.
Bastille et dynamite, 2015.
Téléportation et tours jumelles, 2018.
L'exilé du temps, 2022.

Taylor, Drew Hayden

Le rôdeur de nuit (traduction de *The Night Wanderer, a Native Gothic Novel* par Eva Lavergne), 2020.

Viens, Mylène

Pourquoi pas ?, 2018.

www.ingramcontent.com/pod-product-compliance
Lightning Source LLC
LaVergne TN
LVHW011932120826
845408LV00030B/436

* 9 7 8 2 8 9 5 9 7 9 5 1 7 *